De cabeza y al revés

Otros libros por Diane Gonzales Betrand

Alicia's Treasure

Close to the Heart

El dilema de Trino

*The Empanadas that Abuela Made /
Las empanadas que hacía la abuela*

Family, Familia

The Last Doll / La última muñeca

Lessons of the Game

El momento de Trino

Ricardo's Race / La carrera de Ricardo

The Ruiz Street Kids / Los muchachos de la calle Ruiz

Sip, Slurp, Soup, Soup / Caldo, caldo, caldo

Sweet Fifteeen

Trino's Choice

Trino's Time

Uncle Chente's Picnic / El picnic de Tío Chente

We Are Cousins / Somos primos

De cabeza y al revés

Diane Gonzales Bertrand

Traducción al español de Karina Hernández

PIÑATA BOOKS
ARTE PÚBLICO PRESS
HOUSTON, TEXAS

Esta edición ha sido subvencionada por la Ciudad de Houston por medio de Houston Arts Alliance.

¡Los libros piñata están llenos de sorpresas!

Piñata Books
An imprint of
Arte Público Press
University of Houston
452 Cullen Performance Hall
Houston, Texas 77204-2004

Ilustraciones de Pauline Rodriguez-Howard
Diseño de la portada de Giovanni Mora

Bertrand, Diane Gonzales.
    Upside Down and Backwards = De cabeza y al revés / by Diane Gonzales Bertrand ; by Karina Hernández.
      p. cm.
    ISBN 978-1-55885-408-6 (trade paperback : alk. paper)
    1. Children's stories, English—Translations into Spanish.
    I. Title: De cabeza y al revés. II. Hernández, Karina. III. Title.
    PZ73.B448 2004
    [Fic]—dc212004050395

                                       CIP

Impreso en Estados Unidos de América
Enero 2010–Febrero 2010
Versa Press, Inc., East Peoria, IL
12 11 10 9 8 7 6 5 4 3

Contenido

Para Audrey M. Elliott
con amor

De cabeza y al revés

Ángel y Miguel Rangel salieron a la cochera con sus padres a ver la camioneta por última vez. Papá la había lavado ayer, pero la camioneta azul todavía se veía vieja y cansada.

—¡Ya quiero ver la camioneta nueva! —dijo Miguel reclinándose en la verja de la galería.

Ángel se trepó en la verja y brincó al césped: —Y yo ya me quiero pasear en la camioneta nueva.

—Yo sí voy a extrañar a esta vieja camioneta —dijo Mamá bajando las gradas con Papá—. Su papá y yo la manejábamos a la universidad. Cuando nos mudamos de nuestro primer apartamento a esta casa, esta camioneta cargó todos los muebles y libros.

—Nos ayudó bastante, pues tuvimos que comprar dos cunas, dos sillas altas, dos caballos mecedores y dos bicicletas —dijo Papá.

—Esta camioneta trae muchos recuerdos para nuestra familia —dijo Mamá. Suspiró larga y profundamente.

Ángel señaló hacia la camioneta y dijo: —Pero necesitamos una camioneta *nueva*. Ésta tiene muchos golpes.

—Cada golpe tiene su historia —dijo Mamá caminando alrededor de la camioneta—. ¿Ves este golpe

1

en el guardafangos? Tu papá estaba tan emocionado la noche que ustedes dos nacieron que chocó contra el basurero del hospital.

Papá caminó al frente de la camioneta: —¿Recuerdan la vez que el pájaro se metió a la cabina? ¡Mamá se puso tan nerviosa que pegó contra la banca en una parada de autobuses!

Ángel señaló con el dedo los raspones en la puerta del lado del pasajero. —¿Recuerdan la vez que Abuelo atropelló a las cabras cuando fuimos a visitar a Tío Ciro a su rancho?

Miguel corrió a la parte posterior de la camioneta. —¿Recuerdan la vez que el jonrón de Papá pegó contra la puerta de la cajuela? —dijo.

—Creo que ya contamos bastantes historias, —dijo Papá—. Ya es hora de despedirse de esta camioneta. Vendré a casa con una camioneta nueva a mediodía.

Papá se despidió de todos y se llevó la vieja camioneta.

Aunque el sábado es el mejor día de la semana para ver caricaturas en la tele, y aunque al rato Ángel, Miguel y su mamá caminaron a la biblioteca por unos libros y hasta pasaron a comprar una pizza para el almuerzo antes de volver a casa, parecía que Papá se estaba tardando miles de años en llegar a casa con la camioneta nueva.

—¿Cuándo crees que llegue Papá? —le preguntó

Ángel cien veces a su mamá.

—¿Qué hora es ahora, Mamá? —le preguntó Ángel Miguel otras cien veces.

Finalmente Mamá mandó a los gemelos a jugar afuera. Ella se quedó adentro para llamar por teléfono a su hermana Inés.

Los gemelos Rangel brincaron y gritaron al ver una camioneta nueva y azul acercándose a su casa. Saludaron con la mano a su papá cuando lo vieron detrás del volante. La camioneta tenía unas rayas rojas color manzana pintadas a cada lado. Las llantas tenían aros plateados.

Miguel brincó de la emoción en las gradas de la galería: —¡Ya llegó! ¡Ya llegó!

Ángel bajó las gradas corriendo. —¡Es la mejor camioneta del mundo!

Papá subió la camioneta a la cochera. La estacionó junto a la casa.

El motor zumbaba bajo la cubierta. Ángel sentía el zumbido del motor en sus dedos cuando se trepó en el amortiguador trasero. Trepó a la caja de carga de la camioneta y empezó a caminar sobre el metal brillante y limpio. Pasó la mano por el techo de la cabina y exclamó: —¡Esta camioneta es fantástica!

Miguel corrió al otro lado de la camioneta. Corrió de atrás hacia delante, desde los focos de enfrente a los focos de atrás dos veces.

—Mira, Ángel, no tiene golpes. No tiene rayones. ¡Está perfecta y brillante y nuevecita!

Ángel se volteó y extendió los brazos. —¡En esta camioneta nueva podemos ir a cualquier lado del mundo!

Su papá abrió la puerta de la camioneta y les preguntó: —¿Dónde está Mamá, muchachos? Quiero que vea la nueva camioneta.

—Está adentro hablando con Tía Inés por teléfono. Papá, ¿podemos ir de paseo? —preguntó Ángel.

—En cuanto tu mamá vea la camioneta —dijo Papá.

—Pero, Papá, cuando Mamá le habla a Tía Inés se queda en el teléfono años y años —dijo Miguel.

—Yo lograré que cuelgue. La familia Rangel no compra una camioneta nueva todos los sábados —dijo su papá. Con un brinco salió de la camioneta y corrió hacia la galería.

—¿Cómo es por dentro? —Ángel se bajó de la parte trasera y corrió hacia la puerta abierta de la cabina—. ¡Escucha ese motor! ¡Te apuesto que esta camioneta nos puede llevar a China!

La camioneta nueva tenía un asiento liso y azul. Ángel se deslizó detrás del volante negro pretendiendo manejar.

—En cuanto pueda, manejaré esta camioneta hasta el centro comercial, a Pizza Dilly's, y a . . .

Miguel corrió hacia donde estaba su hermano, lo tomó del brazo y lo jaló.

—¡Deja que yo maneje ahora, Ángel! —dijo trepándose al asiento y cerrando la puerta.

Ángel se deslizó al lado del pasajero y empezó a apretar los botones del radio.

—¿Cómo se prende esta cosa? —preguntó torciendo todos los botones que vio, pero no pasó nada. Le pegó al último botón que torció—, ¡Ay, no! Creo que el radio no sirve.

Una ola de fuerte música sacudió la camioneta de lado a lado. Miguel soltó el volante para taparse los oídos: —¡Apágalo! —gritó.

—¡Está muy fuerte! —Ángel no sabía qué hacer. Los oídos le dolían tanto que no podía pensar.

—¡Vámonos de aquí! —dijo Miguel. Se deslizó por debajo del volante, pero su pie apretó uno de los pedales. La camioneta rugió como un león enojado.

Ángel trató de salirse antes que Papá los viera dentro de la camioneta. Pero tenía las piernas tan sudadas que se resbaló sobre el liso asiento nuevo. Se agarró de una vara negra detrás del volante y la jaló hacia delante.

De un tiro la camioneta empezó a rodar hacia atrás.

—¡Socorro! —gritó Miguel. Gateó sobre la alfombra, pero sólo logró enredarse con las piernas de Ángel.

—¿Dónde está el freno? —Ángel se agachó para apretar uno de los pedales y parar la camioneta.

Pero la rodilla de Miguel golpeó otro pedal primero. La camioneta se empinó hacia atrás, alejándose de la cochera.

Ángel agarró el volante, pero la camioneta no se detuvo, siguió empinándose formando una S. Ángel cayó contra Miguel y se dieron un cabezazo.

La camioneta se detuvo de pronto. Ángel cayó contra los botones del radio. Lo punzaron fuertemente en la espalda y la música paró.

Miguel se había caído en el piso de la camioneta, con el cachete presionado contra las alfombras azules. Ángel quedó viendo hacia el piso con las

piernas hacia arriba, pegadas al vidrio trasero. Estaba de cabeza y al revés.

Los gemelos sentían que el motor les rugía en la cabeza. Unas voces fuertes hicieron que el corazón les latiera más fuerte. Oyeron a sus papás gritando y corriendo hacia la camioneta.

Su papá abrió la puerta de la camioneta. Los gemelos se quejaron del dolor. Su papá estiró una larga mano y apagó el motor. Sacó las llaves.

—¡Ay, ay, ay! Muchachos, ¡me van a dar un infarto! —Su mamá abrió la otra puerta—. Miguel, Ángel, ¿están bien? ¿Se quebraron algún hueso?

Miguel se sobó la cabeza y dijo: —Ángel me pegó en la cabeza.

Ángel se sobó las orejas y dijo: —Creo que se me quebraron los oídos. Todavía oigo música.

Papá agarró a Miguel por las piernas y lo sacó de la camioneta. Mamá agarró a Ángel del brazo y lo jaló por la otra puerta.

De pie, y fuera de la camioneta, todos vieron los botes plásticos de basura estrujados contra la maya.

Ángel miró a su mamá. Miguel miró a su papá.

Mamá le alzó las cejas a Papá, como cuando los gemelos se metían en GRANDES problemas.

—Lo sentimos, Papá —dijo Miguel.

—Sí, lo sentimos —dijo Ángel.

Mamá cruzó los brazos: —Por lo menos no se lastimaron.

Papá tenía la cara tan roja como las rayas color manzana de la nueva camioneta.

—Lo siento, familia. Fue un accidente. Estaba tan emocionado que dejé el motor prendido. Salí corriendo hacia la casa sin pensar.

Mamá asintió con la cabeza: —Y tus hijos estaban tan emocionados que trataron de manejar el carro por todo el césped.

—Pero no quebramos nada, Mamá —dijo Ángel—. Los botes de basura son de plástico. Y la maya sólo se dobló un poquito. Miguel y yo la podemos arreglar. ¿Verdad, Miguel?

Los gemelos y sus papás fueron hacia la maya para ver qué le había pasado a la nueva camioneta.

—Parece que esta nueva camioneta ya tiene sus primeros golpes y rayones —dijo Mamá—. Ahora tenemos la primera historia para contar, ¿cierto?

—Cierto —dijo Papá—. En unos cuantos años contaremos la historia de cuando los gemelos manejaron la nueva camioneta. De cómo se me olvidó sacar las llaves.

—¡Manejamos de cabeza y al revés! —dijo Ángel. —¿Te acuerdas, Miguel?

—¡Chocamos contra los botes de basura! ¿Te acuerdas, Ángel? No sabías cómo funcionaba el radio —contestó Miguel. Pretendía torcer botones.

Ángel se rio. Se tapó los oídos con las manos. —¡La música sonaba tan fuerte que casi nos explotan los oídos! ¿Te acuerdas?

—¿Nos podemos acordar de todo esto después? —preguntó Mamá—. ¡Yo quiero ir de paseo!

La fiesta de Diana

Luis se tuvo que quedar en casa de Tía Anita, con el pájaro ruidoso y la comida terrible que ella prepara. Los padres de Luis se habían ido a una convención en Houston que duraría todo el fin de semana. Habían dicho que Luis todavía podía ir a la fiesta de Diana, puesto que la casa de Diana quedaba en el mismo barrio que el de Tía Anita. Luis estaba seguro que todo iría de maravilla.

Pero el día de la fiesta, la anticuada tía de Luis insistía en darle corbatas bobas para que se las pusiera para la fiesta.

—Ésta con rayas de tigre se vería muy bonita con una camisa blanca. —Tía Anita comparaba corbata tras corbata con la camiseta de Luis—. ¿O tal vez ésta de puntitos? ¿Te gusta más ésta, Luis? ¿O qué tal ésta de la palmera? —continuó.

—Tía Anita —le dijo Luis—, los niños no se ponen corbatas para las fiestas.

—Cuando *mis* amigos tienen fiestas, los hombres se ponen corbatas, Luis —le dijo Tía Anita.

—Pero tía, mis amigos son niños. Mi mamá me compró este pantalón de mezclilla. Además, tengo puesta mi camiseta favorita. Mira, ¡está bien limpiecita!

Tía Anita finalmente se llevó las corbatas a su cuarto. Luis suspiró. Entonces su tía regresó con otra cosa. Parecía un tazón blanco de plástico. También traía algo peludo y rosado en la mano.

—Debes llevarle algo muy especial a tu amiguita para su cumpleaños. Le puedes llevar estos polvos de gardenia y esta borla suavecita para empolvarse. Los podemos poner en una bolsita de regalo —dijo Tía Anita.

—Mi mamá le compró una tarjeta de regalo en la tienda de video —dijo Luis—. Con eso es suficiente.

—Una tarjeta no es un regalo apropiado, Luis. A las niñas les encanta oler bonito. Ten, huele esto.

Tía Anita abrió la tapa de plástico y metió la borla. Después la levantó y se la sacudió a Luis en la nariz.

Montones de polvos le cayeron a Luis en los pantalones. Los polvos olían como la caja para el gato que Tía Anita tenía en el baño. Si le llevaba esos polvos a Diana, ¿qué dirían sus amigos?

Luis empezó a decir: —De veras, Tía Anita, no lo necesi . . . —pero en eso vio el reloj—. ¡Como quieras! ¿Lo puedes envolver rápido? La fiesta empieza a la una —dijo sacudiéndose los pantalones.

Luis fingió una sonrisa cuando Tía Anita le dio una bolsa plateada con rayas negras feas. Secretamente pensó en cómo "perderlo" antes de llegar a la casa de Diana.

Enseguida Tía Anita se puso un sombrero rojo con una pluma amarilla enorme.

Cuando Luis se dio cuenta que su tía se estaba alistando para ir con él, le dieron ganas de subirse al primer autobús a Houston. Luis se preocupó aún más cuando Tía Anita empezó a levantar los cojines del sillón. —Luis, ¿has visto las llaves del coche?

Tuvo que pensar con rapidez. El carro sonaba como un tanque en una película de guerra. También parecía como que lo habían bombardeado.

—Yo puedo caminar hasta la casa de Diana, Tía Anita —dijo Luis acercándose a la puerta—. La casa queda en la otra cuadra. Diana dice que es una casa blanca con dos árboles en el jardín de enfrente. Y a mí me *encanta* caminar. Hasta luego, Tía Anita, ¡hasta luego!

Luis salió por la puerta de tela metálica y la cerró tras sí. Brincó las dos gradas de la galería y se apuró. Vio que a la orilla del jardín estaba un gran buzón plateado y se le ocurrió algo.

Miró por encima de su hombro. Su tía no estaba por ningún lado, así que aprovechó la oportunidad. Abrió la puerta de metal y empujó la bolsa dentro del buzón. Después la sacaría para tirarla a la basura, pero por ahora, sólo pensaba en llegar a la fiesta.

Contento, corrió por la acera. No volteó hacia atrás hasta que dobló la esquina. No había señas de Tía Anita. Dio un gran suspiro de alivio.

Se detuvo para ver alrededor. La mayoría de las casas en la calle estaban pintadas de blanco. Muchas de las casas tenían dos árboles en el jardín de enfrente. ¿Cuál era la casa de Diana? Caminaba despacio. No recordaba el número de la casa. Deseaba encontrar algunos globos o escuchar la música de la fiesta. No había señas de la fiesta en ninguna de las casas por las que pasó.

De repente un auto le pitó fuertemente. No sabía de dónde venía. Se dio vuelta tan rápido que perdió el balance y se cayó al zacate. Se quedó sentado, viéndose las manos vacías.

En ese momento descubrió que no sólo había olvidado la dirección de Diana, sino que también había olvidado el regalo. La tarjeta de cumpleaños aún estaba en su mochila. ¡El tonto regalo de Tía Anita lo había hecho olvidarse de todo!

Luis respiró profundamente tres veces. Se levantó despacio. No quería regresar a casa con Tía Anita, pero ¿cómo iba a ir a la fiesta de Diana sin ningún tipo de regalo? Hizo un puño y le pegó a la cerca de madera enseguida de él.

Tres fuertes ladridos al otro lado de la cerca hicieron que Luis se levantara con rapidez. Por una tabla suelta, salió una arrugada nariz negra, seguida de un hocico café, encías rojas y dientes filosos. Un perro gritón se escurrió por la abertura. Era un perro negro chico. Corrió hacia él como un juguete de cuerda.

Le mordió un cordón del zapato a Luis. El perro le tiraba el cordón con los dientes puntiagudos. Luis sacudió la pierna rápidamente para quitarse al perro de encima.

Después brincó al lado, pero el perro brincó tras él, tratando de morderle la orilla del pantalón.

—¡Oye, oye! —gritó Luis. No estaba asustado, pero si el perro le llegaba a morder los pantalones nuevos, se metería en grandes problemas. Luis saltó de un pie al otro queriendo ganarle al perro en la danza.

—¡Sal de aquí! ¡Sal de aquí! —gritó Luis más fuerte. El perro intentó atrapar los cordones de los zapatos con sus dientes una vez más.

—¡Vete! ¡Vete! ¡Vete! ¡Vete! —gritó una voz aguda detrás de Luis—. ¡Vete! ¡Vete! ¡Perrito, vete! ¡Vete!

Luis se dio vuelta. Tía Anita corría por la acera hacia él. Llevaba una mano sobre la cabeza para detener su sombrero rojo. La otra mano estaba elevada por sobre su cabeza y ondeaba la bolsa plateada con las rayas negras feas mientras gritaba, —¡Vete! ¡Vete! ¡Vete!

Luis se quedó inmóvil y observó, sintió que el perro otra vez le jalaba el pantalón. Trató de quitárselo pateando pero sus pequeños dientes se agarraron de la bastilla del pantalón con fuerza.

—Tía Anita, ¡no me quiere soltar! ¡Estos son mis pantalones nuevos!

El perro jaló y gruñó como si Luis estuviera a punto de robarle su hueso favorito.

Tía Anita alcanzó a Luis, resoplando y jadeando. Golpeó la espalda negra del perro con la bolsa, pero sólo hizo que éste jalara con más ímpetu. El perro se soltó dos veces sólo para ladrar y se volvió a agarrar de los cordones del zapato de Luis.

—Ay que perrito tan testarudo. Pero si te pareces a . . . —Tía Anita no acabó la oración. En vez de ello

metió la mano en la bolsa plateada con rayas negras feas. Abrió el polvo y le dio tres buenos golpes con la borla peluda.

El perro saltó hacia atrás encima de los pies de Tía Anita. Ella se sorprendió y el bote entero de polvo se le escapó de las manos. El perro negro se convirtió en una borla de polvo con patitas negras. Tanto Luis como Tía Anita empezaron a reírse.

El pobre perrito estornudó y se sacudió tratando de escaparse de las nubes de polvo. Se confundió tanto que se fue tambaleando fuera de allí. Con la nariz empujó la tabla que estaba suelta y se metió a su patio.

Luis tuvo que sacudir más polvo de sus pantalones, pero esto no lo hizo enojarse. Le sonrió a Tía Anita. —El perro se veía bien chistoso, tía.

Tía Anita le tocó el hombro. —¡Ay, qué perrito! ¡No sabía qué hacerle para que te soltara! ¿Estás bien? ¿Te mordió?

—Estoy bien, Tía Anita. —Después vio la bolsa plateada vacía en su mano. Su sonrisa se convirtió en una delgada línea nerviosa. Vio hacia la acera—. Encontró todo en el buzón, ¿verdad?

—Pensé oír al cartero. En vez de cartas me encontré con el polvo. Luis, ¿por qué escondiste el regalo de la niña?

Luis encogió los hombros. —Lo siento, me daba vergüenza regalarle el polvo a Diana. Los otros niños se iban a reír de mí. Perdóneme. —Al fin alzó la vista y vio a Tía Anita—. Dejé la tarjeta de cumpleaños de Diana en mi mochila en su casa. Y, bueno, Tía Anita, olvidé el número de la casa, y ya es tan tarde, ¿por qué no nos vamos a casa mejor?

—¿Luis? ¿Qué no vas a venir a mi fiesta?

El sonido de la voz de Diana lo hizo ver a través de la calle. Enseguida de la cerca estaba una casa blanca con dos árboles en el jardín, Diana estaba allí con un vestido de verano azul. Detrás de ella, en la cerca de madera, estaban sus amigos, Reece, Blake, Samantha y Jessica.

Los chicos sonrieron grandes sonrisas dentonas. Las chicas se rieron juntas como pajaritos en un alambre.

Diana cruzó la calle y caminó hacia Luis y Tía Anita. —Te hemos estado esperando, Luis. ¿Por qué te tardaste tanto?

Dejó caer las manos enfrente de sí mientras trataba de pensar en qué decirle. —Yo . . . ah . . . éste . . .

Diana volteó a saludar a la mujer que estaba parada enseguida de Luis. —Hola, ¡no lo puedo creer! ¡Usted es la señorita Anita! Vino a la reunión de mi tropa con su pájaro. ¡Nos regaló broches por el cuidado de mascotas!

—Diana, te presento a Tía Anita —dijo Luis.

Diana aplaudió contenta. —Ay Luis, tu tía es una persona tan divertida. Nos contó historias de su pájaro y nos hizo reír muchísimo.

Luis levantó las cejas. Nunca había pensado en su tía como alguien divertido, pero ahora que lo pensaba, Diana tenía razón. ¿No le había enseñado todas esas corbatas bobas? ¿No había golpeado al perro con la borla para el polvo?

—Señorita Anita, ¿podría contarnos más historias chistosas de su pájaro, por favor? Me gustaría que la conocieran mis papás.

Luis recogió la bolsa plateada con las rayas negras del zacate. Tomó el tazón de polvo vacío y la borla peluda, y los metió en la bolsa.

—¿Qué es eso, Luis?

—Es parte de otra historia chistosa, Diana. Te la contaremos más tarde. —Su cara estaba ardiendo, pero por lo menos había encontrado la fiesta de Diana. En verdad era lo único que importaba, pensó.

Luis salió de detrás de Diana y Tía Anita sólo para tropezarse con el cordón de sus zapatos y se cayó al zacate.

Diana y Tía Anita se voltearon. Al mismo tiempo le dijeron, —Luis, ¿estás bien?

—Sí, estoy bien —respondió. Le dio tanta pena al principio. Pero cuando vio el polvo blanco en la acera y el cordón de sus zapatos, no pudo evitar reír.

Diana y Tía Anita también empezaron a reír. Luis se abrochó los zapatos y se paró.

—¡Vamos a la fiesta! —dijo Tía Anita, y caminó al frente con su sombrero rojo con la pluma amarilla.

¡Qué viva la reina!

Norma llegó vestida como la reina Isabela para el Día de Biografías en la escuela. Se puso sus zapatos negros favoritos. Se puso un brillante vestido verde que su mamá se había puesto de joven. Norma se puso una corona plateada. Ya quería leer el reporte del libro que había leído enfrente de la clase.

Entró al aula lentamente. Entró tal y como lo habría hecho la reina Isabela al caminar a su trono. Norma quería saludar a todos sus fieles sujetos.

—¿Y qué se supone que eres? ¿Un gorila verde? —se burló Antonio con una risa ronca. Él se había puesto el mismo uniforme de béisbol de siempre. No era un disfraz.

Norma puso los libros en su pupitre. —Yo soy la reina Isabela, la Primera —dijo.

—¿La primera qué? ¿Niña fea como tú? —dijo Felipe. Él ni siquiera se había vestido con un traje especial. Sólo tenía puesto unos viejos pantalones de mezclilla y una camiseta roja.

—¿Y la reina hizo algo bueno? ¿Acaso rompió un récord de béisbol? —preguntó Antonio.

—La reina Isabela tenía cosas que hacer mucho más importantes que jugar béisbol —le informó Norma.

—¿Todavía está viva? —le preguntó Felipe. Se inclinó hacia el pupitre de Norma para tirarle los libros al suelo. Siempre trataba de hacer esto cuando la maestra no lo veía.

Norma levantó sus libros y dijo: —No. Murió en 1504.

—¡Estás muerta! —dijo Antonio riéndose y señalando a Norma—. Oye, no me hables, estás muerta.

—¿Por qué querría hablar contigo? —dijo Norma, y les dio la espalda. Ella era una reina. Antonio y Felipe eran un par de bufones.

La señora Richardson entró y le dijo a la clase: —Orden, niños y niñas. Vamos a comenzar la clase de matemática.

Pero todo el día, cuando Antonio o Felipe la veían, decían en voz baja "Feo duende verde" para que Norma y todos los compañeros a su alrededor los oyeran.

Suzanne, la amiga de Norma, le dijo: —¡Ni siquiera los veas!

Suzanne estaba vestida como Helen Keller. Llevaba lentes oscuros y un vestido al estilo antiguo con un delantal.

Después del almuerzo, la señora Richardson anunció que era hora de leer los reportes de las biografías.

—Tú puedes pasar primero, Norma —dijo la señora Richardson. Se sentó en la silla al lado de su escritorio.

Norma se puso de pie y caminó hacia el frente del aula. De nuevo caminó como toda una reina. Alzó la cabeza y mantuvo los hombros hacia atrás.

Antonio y Felipe se rieron como dos monos ruidosos.

—Si ustedes dos no se comportan bien, irán a la oficina del director —los regañó la señora Richardson.

Una vez enfrente de la clase, Norma abrió su cuaderno y empezó a leer su reporte sobre la reina Isabela. Leyó el reporte sin ningún error y sin tartamudear. Se acordó de mirar a su público y sonreír, como lo había practicado cuatro veces con su mamá la noche anterior.

—Si la reina Isabela no hubiera tenido fe en Colón, ¿quién sabe? —dijo Norma—. A lo mejor él no hubiera descubierto un mundo nuevo. La reina era una reina valiente y noble. Ella murió en 1504.

De repente Antonio y Felipe soltaron fuertes carcajadas.

—¡Feo duende verde! ¡Feo duende verde! —Felipe dijo señalando a Norma.

—¡Feo duende verde! ¡Feo duende verde! —repitió Antonio aún más fuerte, y todos se empezaron a reír.

Lágrimas calientes le quemaron los ojos a Norma. ¿Por qué era que esos niños siempre erán tan malos?

—¡Basta! —la voz de la señora Richardson fue firme y severa. Se levantó y caminó hacia Felipe y Antonio. Ellos se reían a gusto de su broma. Ni siquiera pararon de reírse cuando la señora Richardson los tomó de la mano.

Norma corrió a su pupitre. Puso la cabeza entre sus brazos. No quería llorar enfrente de todos, pero no podía evitar que se le salieran las lágrimas.

—Está bien, Norma —le dijo Suzanne—. La señora Richardson va a llevar a esos dos payasos a la oficina del director. No llores. A mí me gustó mucho tu reporte.

Cuando la señora Richardson volvió de la oficina del director, no venía sola. Con ella estaba una señorita muy linda vestida en un traje azul con rayas. También entró un hombre con una cámara de video negra y un micrófono en la mano.

—Niños y niñas, tengo una sorpresa muy especial para ustedes —sonrió la señora Richardson—. Ésta es la señorita Rose Hannasch de la estación de televisión, y su camarógrafo Henry. Ellos oyeron de nuestro Día de Biografías. Quieren filmarlos a ustedes en sus disfraces. Esta noche saldrán en las noticias.

—¿Oíste eso, Norma? —dijo Suzanne sacudiéndole el brazo a su amiga—. ¡Saldremos en televisión!

—¿Norma, por qué no empiezas tú? —dijo la señora Richardson. Fue al pupitre de Norma con la caja de pañuelitos—. Señorita Hannasch, Norma tiene un reporte excelente.

Para cuando Henry preparó la cámara, Norma ya se había secado las lágrimas y tenía la sonrisa lista. Estaba muy emocionada de poder ser una reina en televisión. Henry filmó una parte del reporte de Norma. Suzanne leyó parte de su reporte sobre Helen Keller. Adam se había vestido como el padre Miguel Hidalgo y Costilla. Él también saldría en televisión.

Jackie, quien ni siquiera se había vestido para ese día, le dijo a Norma: —A mí me dio mucha pereza tener que pensar en cómo disfrazarme hoy. Ahora no puedo salir en televisión como tú.

Norma se sintió muy especial actuando como la reina Isabela. Se había esforzado mucho para escribir su reporte biográfico. Ni Antonio ni Felipe le podrían quitar la felicidad que sentía ahora.

La señorita Hannasch tuvo la idea genial que Henry filmara la clase entera. Le dijo a Henry que grabara a la clase entera, para que así *todos* pudieran salir en televisión, hasta la señora Richardson.

Antes que la linda señorita de televisión y el camarógrafo se fueran, les dieron a todos un brillante broche amarillo. Los broches decían "Véanme en TV 5 hoy".

Cuando finalmente Antonio y Felipe regresaron a la clase, tenían una mirada de triunfo. Caminaban moviendo los brazos de adelante hacia atrás. Parecían orgullosos que los hubieran mandado a la oficina del director.

—No fue nada —dijo Antonio, sacando el pecho. Pero en eso vio que todos tenían un broche amarillo. Sus hombros empezaron a caer.

—¿Dónde está mi broche? —preguntó Antonio. Se le arrugaron las cejas en ceño.

—Yo quiero uno de esos —dijo Felipe.

Claro que nadie le dio un broche. Felipe se sentó

en su pupitre sin decir ninguna palabra por el resto de la tarde.

Al día siguiente, la señora Richardson trajo un videocasette con las noticias de la noche anterior grabadas para que todos pudieran verse en televisión. Todos exclamaron de gozo al ver a la clase entera aparecer al principio de la grabación. Norma salió leyendo su reporte al final del reportaje. Su vestido verde brillaba enfrente de la cámara. Sonrió como una reina hasta que desapareció la imagen.

Cuando la señora Richardson detuvo el videocasette, todos aplaudieron y se dieron porras.

Norma se fijó donde estaban Antonio y Felipe. Ellos estaban sentados en sus pupitres. Tenían las manos cruzadas. Ceñían las cejas y se veían muy malhumorados.

Norma les sonrió como lo hizo para la televisión. Luego levantó la mano como toda una reina.

—Señora Richardson, ¿podemos ver el video una vez más?

Primer lugar

La cinta azul que estaba al lado del basurero tenía letras doradas que decían "PRIMER LUGAR".

Alonzo Guzmán sabía que había encontrado algo fantástico cuando lo recogió.

—¡Mira esto, un listón azul! — Alonzo vio alrededor del barrio. Hasta volteó a ver por encima de su hombro hacia el patio de la escuela. No había ningún niño que lo hubiera perdido—. ¡Ja! ¿No sería fantástico llevarlo a casa? ¿Qué si le digo a Mamá que gané primer lugar en la feria de ciencia? ¡Estará tan orgullosa! ¿Quién sabe qué cosas buenas pueden suceder?

Limpió el listón en sus pantalones de mezclilla. La vio de nuevo. —Le puedo decir a mi hermano, Javier, que no me moleste porque seré famoso.

Alonzo partió a casa feliz y contento con el listón de primer lugar.

La mamá de Alonzo no paraba de sonreír cuando Alonzo le enseñó la cinta azul.

—¡Mi Alonzo! Estoy muy orgullosa de ti. Ni

siquiera me pediste ayuda —dijo mientras le colocaba el listón en el pecho a Alonzo—. Estoy tan contenta. Tus abuelos y todos tus tíos vendrán a cenar esta noche. ¡Espera a que vean este listón!

—Mamá, ¿me vas a hacer un pastel? —Alonzo le preguntó.

—¡Claro que sí! —le dijo su mamá—. Esta noche haré tu pastel favorito.

Alonzo ya lo podía saborear: un pastel de triple dulce de chocolate y coco.

Como Alonzo tenía un listón de primer lugar, le dijo a su hermano: —Ahora puedo ver todo lo que yo quiera por televisión. Yo me gané el primer lugar en la feria de la ciencia en la escuela.

—¿Y por qué mi clase no tuvo feria de la ciencia hoy? —preguntó Javier.

—Porque los de primer grado son tontos. Sólo mi grado tuvo feria, y yo gané el primer lugar. Entonces yo escojo qué programa de televisión vemos hoy. —Alonzo tentó a Javier con el listón azul.

—¡Mamá! ¡No es justo! —gritó Javier hacia la cocina.

—Hoy es un día muy especial para tu hermano —le contestó Mamá.

—Pero hoy no es su cumpleaños —dijo Javier.

—Javier, cuando tú te ganes un primer lugar, podrás ver lo que *tú* quieras por televisión —le dijo Mamá—. Entonces tú tendrás toda la atención.

Alonzo se sentía increíble. El listón azul era lo mejor que jamás se había encontrado.

Alrededor de las seis de la tarde, toda la familia Guzmán llegó para la cena.

Cada uno acarició el listón y le sonrió a Alonzo.

—Qué muchacho tan inteligente —dijo Tía Pafia.

—Qué listón tan bonito —dijo Abuela Meni.

—Éste es el primer listón de primer lugar en nuestra familia —dijo Abuelo Noé.

—Todos estamos muy orgullosos de ti —dijo Mamá con una gran sonrisa.

Tío Silvano hasta le dio a Alonzo un billete de cinco dólares. —Un primer lugar merece un premio monetario.

Alonzo aceptó el billete de cinco dólares, pero su estómago se sintió raro. ¿Qué pasaría con el niño que perdió el listón azul? ¿Se habría perdido cinco dólares de *su* tío?

Sabía que mentir o quedarse con algo que no era de él no era buena idea, pero todos estaban tan contentos. ¿Cómo les diría la verdad? Tomó el listón con cuidado. Le pasó los dedos para la buena suerte. Tal vez nadie sabría la verdad. Mañana entregaría el listón a la oficina de la escuela.

—¿Llegué tarde para la cena? —preguntó Tía Mara corriendo a la sala. Todavía estaba sin respiración cuando dijo— Tu mamá me llamó con las buenas noticias, Alonzo. ¿Puedo ver el listón tan especial que ganó mi sobrino favorito?

Tragó con dificultad, y le enseñó el listón. —Aquí está, Tía Mara.

—¡Eres bien inteligente! —Tía Mara asintió y sonrió. Se sentó en el sofá. Empezó a abrir su cartera.

Alonzo se preguntó si iba a recibir más dinero. Eso sería casi como *robar* de su familia. ¡Nadie debería obtener un listón azul por eso! Así es que suspiró con alivio cuando Tía Mara no sacó su billetera. En vez, Tía Mara sacó una medalla de oro colgando de una delgada cinta rosada. —Yo me gané esta medalla de ciencias cuando tenía tu edad, Alonzo. Hice un experimento con vinagre y sal para pulir monedas opacas.

Alonzo solamente dijo: —Qué bueno, Tía Mara.

Tía Mara les enseñó a todos su medalla. —Alonzo, ¿por qué no nos cuentas qué proyecto hiciste para la feria de la ciencia?

—Sí, sí —dijo Abuela Meni—. ¿Comó se llamó tu proyecto?

—¿Qué comprobaste? —preguntó Tío Silvano—. ¿Qué aprendiste?

Alonzo dejó de sonreír. No podía ni hablar. Lo único que podía hacer era pasar los dedos por las letras doradas del listón. *Piensa, piensa, piensa,* se dijo.

Toda su familia lo estaba mirando. Esperaban que les contara del proyecto que le consiguió el primer lugar en la feria de la ciencia.

—Lo hice de . . . —Alonzo vio la planta que su mamá tenía colgando en la esquina de la sala. —Sí, ¡eso es! Lo hice sobre plantas . . . claro, sí . . . y animales. ¡Ah! Y la electricidad . . . y la luna. ¡Claro, claro que sí! La luna —sonrió Alonzo, deseando engañar a todos. ¡De pronto deseó no haber encontrado ese listón azul!

—Eso debió de haber sido todo un proyecto —dijo Tío Silvano—. ¿Y qué tipo de experimento hiciste?

—¿Experimento? ¡Ah! Bueno, usé . . . ¡tierra! Ajá . . . y examiné . . . ¡el color verde! Fue . . . —Alonzo trató de acordarse de lo que estaría en la prueba de ciencias del día siguiente. Como nunca estudiaba para esa clase, trató de usar las palabras de vocabulario que le habían dado hoy—. Trabajé . . . eh . . . ¡vivamente! Claro, y oportunamente . . . eh . . . amigable . . . eh . . .

Alonzo se puso las manos en la nuca, tenía el listón entre los dedos. —No recuerdo nada más.

—Tiene que haber sido todo un proyecto —repitió Tío Silvano.

Tía Mara había dejado de sonreír con la primera mentira. Guardó su medalla de ciencias en la cartera. Cerró la cartera con un fuerte sonido.

—Éste . . . ¿Por qué no vamos a cenar ya? —sugirió lentamente la mamá de Alonzo.

Alonzo llevó el listón de primer lugar a su cuarto. Lo escondió entre sus revistas de tiras cómicas. Deslizó las revistas y el listón debajo de la cama. Ya no quería ni ver el listón ni hablar de las ciencias.

Todos disfrutaron la cena que había cocinado la mamá de Alonzo menos él. Se sintió mal del estómago toda la noche. Nadie le preguntó por qué no comió mucho. Nadie le preguntó nada. A la hora de partir el pastel, su mamá le dijo, —Alonzo, ¿por qué no te vas a tu cuarto y estudias para las clases de mañana?

Tía Mara dijo, —¿Acaso nuestro ganador de primer lugar necesita estudiar más?

—Sí, Tía Mara —dijo Alonzo en voz baja. Ni siquiera volteó a verla.

Jamás se había sentido tan mal como hoy. Sabía que debía disculparse con su familia pero las palabras se le atoraban en la garganta.

Antes de irse a su cuarto, Alonzo dejó el billete de cinco dólares al lado del sombrero de Tío Silvano. Se metió a la cama y pretendió dormir cuando Javier entró después.

La mañana siguiente Alonzo llevó el listón azul en su mochila mientras caminaba a la escuela. Llevaba una bolsa café apretada en la mano. Cómo le hubiera gustado tener un pedazo del pastel de triple dulce de chocolate y coco para el almuerzo de hoy. Pero en el desayuno Mamá le había dicho, —Le regalé el pastel que sobró a Tía Mara y a Tío Silvano. Y *tú* no vas a comer más postres o ver televisión por dos semanas, hijo. Sabes por qué, ¿verdad?

—Sí, Mamá, —le había dicho, y llevó los trastes sucios del desayuno al fregadero.

Ahora, Alonzo caminaba un poco más rápido a la escuela porque la mochila estaba más pesada. Deseaba que el director supiera quién perdió el listón azul. ¡Esperaba que el listón azul le trajera algo de *buena* suerte a ese niño que lo perdió!

Miércoles de gusanos

Hoy no era simplemente miércoles, hoy era miércoles de gusanos. Todos los estudiantes de la señora Patiño trajeron gusanos. Trajeron gusanos en latas de café y en vasos plásticos. Los gusanos se revolcaban en baldes llenos de arena, en floreros, en jarros de dulces y en latas de sopa.

Había gusanos largos, gusanos cortos, gusanos gordos y gusanos flacos. Todos los gusanos fueron a dar a la vieja pecera. La señora Patiño había llenado la pecera con tierra oscura.

Sonó la campana. Todos los estudiantes también se movieron en sus asientos como gusanos.

En clase de matemáticas ese miércoles de gusanos, Mónica, Nathan y Gabriela trabajaron juntos para medir sus tres gusanos. Mónica estiró un gusano café para medirlo con la regla. El gusano se revolcó y se arrolló.

—¡Mídelo más rápido! —dijo Nathan.

Él sostuvo el gusano contra la regla de Mónica. Gabriela leyó la medida. Mónica la apuntó en el papel de matemática.

El gusano de Nathan medía 3 pulgadas. El gusano de Gabriela medía sólo 2 pulgadas. El gusano de Mónica era el más largo, medía 3 pulgadas y media.

El miércoles de gusanos, en gramática, cada estudiante escribió un párrafo para describir a su gusano. Mónica escribió en su cuaderno:

"Gusanina"
por Mónica P.

Gusanina es mi gusanito. Ella es legamosa como la jalea en el pan.

Ella se revuelca por todo lado. Ella es café. Un gusano no tiene ojos.

Es difícil distinguir entre la cabeza y la cola de Gusanina.

Los estudiantes también escribieron pequeños poemas acerca de los gusanos. Nathan se paró enfrente de la clase para leer su poema.

"Gusanos"
por Nathan O.

A los gusanos les gusta la tierra.
Se revuelcan en el suelo.
Ayudan a crecer las plantas
y no hacen ningún sonido.

Antes del almuerzo ese miércoles de gusanos, había clase de educación física. La señora Patiño y la entrenadora Ríos habían planeado carreras de gusanos. Los muchachos pusieron sus gusanos entre un círculo de hilaza. El gusano ganador sería el que se saliera del círculo primero.

Todos los estudiantes gritaban y echaban porras. El gusano de Nathan no se movía para nada.

—¿Estás dormido? —le preguntó a su gusano. Se acostó junto al gusano en el suelo. Lo acarició una vez. De repente el gusano se revolcó locamente. No paraba. Se revolcaba y se meneaba hasta que cruzó al otro lado de la hilaza.

Ariel le preguntó a la entrenadora Ríos: —Eso no es justo, ¿verdad? ¡Pareció como que Nathan le hizo cosquillas a su gusano!

Los muchachos discutieron sobre gusanos veloces hasta llegar a la cafetería.

Al salir de educación física, Mónica se dio cuenta que había olvidado su almuerzo.

—Ya vengo —le dijo a sus amigos, y se fue a buscar su almuerzo.

De regreso al gimnasio oyó que sus maestras conversaban.

—¿Qué es lo que sigue para el miércoles de

gusanos? —le preguntó la entrenadora Ríos a la señora Patiño.

Mónica oyó a la señora Patiño reírse.

—Después del almuerzo vamos a disecar gusanos en la clase de ciencias. Los cortaremos en trozos y le pondremos los nombres a las partes del gusano.

¡Ay, no! Esos pobres gusanitos, pensó Mónica. *Yo no quiero cortar a Gusanina.*

Salió rápidamente del gimnasio y se fue al aula.

—¿Cómo los puedo salvar? —se preguntó en voz baja—. ¿Cómo los sacaré del aula?

Apretó la mano fuertemente alrededor del asa de su lonchera: —¿Los podré sacar en esto a escondidas?

¡Guácala! Sacó la lengua en asco. Si ponía los gusanos en la lonchera no se comería su almuerzo. De todos modos la abrió. Vio un sándwich metido en una bolsa de plástico, una bolsita de bebida y una tacita de frutas. De repente tuvo una idea.

Se comió el sándwich en grandes mordiscos mientras iba hacia la vieja pecera. Agarró todos los gusanos que pudo. Los metió dentro de la bolsa plástica vacía.

Se metió la bolsa en el bolsillo de su falda. Corrió hacia la puerta. Pero al llegar al pasillo, ¡se estrelló contra la señora Patiño!

—¡Mónica! ¿Qué haces aquí? —le preguntó la señora Patiño.

—¡Ah! Este, yo . . . Se me olvidó mi almuerzo. Nada más . . . Bueno, ¡adiós!

El bulto retorciéndose dentro de su bolsillo hizo

que Mónica corriera más rápido hacia el jardín de la clase. Enterró los dedos en la tierra para hacer un hueco.

Fuera cayó una bola de gusanos de la bolsa del sándwich. Gusanos largos, gusanos cortos, y un gusano largo y café. Mónica esperaba que fuera Gusanina.

—Aquí estarán a salvo. ¡Qué lo disfruten! —dijo Mónica tapando los gusanos con la tierra.

Después del almuerzo, Nathan, Gabriela y Ariel se pararon junto la vieja pecera. Mónica estaba sentada en su pupitre dándole golpecitos a su libro de ciencias con el lápiz.

—Algunos de los gusanos se escaparon —le dijo Nathan a Mónica—. Faltan un montón.

—¿En serio? —Mónica sentía que le ardía la cara.

La señora Patiño entró al aula con una bolsa de papel café. Puso la bolsa en su escritorio.

—Señora Patiño, algunos de los gusanos no están —le dijo Nathan.

—¿No están? —dijo. Pero no se volteó para revisar. Sacó platos y una caja de cuchillos plásticos de la bolsa. Puso todo en su escritorio.

—Mónica —le dijo la señora Patiño—, ¿me ayudas a repartirle gusanos a todos?

A Mónica le gustaba ayudar, pero en este miércoles de gusanos, sentía que se le retorcían gusanos legamosos en el estómago. Ahora, ¿qué pasaría?

En ese momento, la señora Patiño sacó una cubeta de gusanitos de azúcar de la bolsa de papel.

—¿Para qué son los gusanitos de azúcar? —Mónica le preguntó a su maestra.

—Pensé que sería divertido que la clase los disecara. ¿No te parece divertido?

De repente, los sentimientos de nerviosismo que Mónica sentía dando vuelta y vuelta en el estómago se desaparecieron.

—Señora Patiño, ¡ésa es una muy buena idea! —Mónica le dio una gran sonrisa.

Pero Mónica todavía quería ayudar al resto de los gusanos. —Señora Patiño, ¿podríamos poner a los gusanos en el jardín? Los gusanos ayudan a fertilizar la tierra. Ayer nos los dijo en la clase de ciencias.

—Éa es una muy buena idea —le contestó la señora Patiño guiñándole el ojo.

Mónica tomó la cubeta de gusanitos de azúcar por el asa. Se dio vuelta para ver a todos sus compañeros de clase. —¡Miren! ¡Vamos a disecar gusanitos de azúcar!

En la clase de ciencias el miércoles de gusanos, la señora Patiño puso un video sobre gusanos. Después los estudiantes cortaron secciones de los gusanitos de azúcar verdes, rojos, azules y de color como el arco iris. Después de la clase de ciencias, todos comieron lo que quedó de los gusanitos de azúcar.

Mónica tampoco podía distinguir entre la cabeza

y la cola de los gusanitos de azúcar. Entonces se comió los dos extremos del gusanito de azúcar a la vez.

En el recreo del miércoles de gusanos, la clase de la señora Patiño vació el resto de los gusanos de la vieja pecera en el jardín.

Los gusanos se pusieron a trabajar inmediatamente, ayudando a que las plantas crecieran mejor. Los niños se fueron al recreo, riéndose con sus amigos. La señora Patiño se fue a sentar a la banca del patio de recreo, preguntándose qué podría pasar el viernes de pecas, el lunes de luna, o el jueves de dos por uno.

Ruidos a medianoche

Mi familia y yo vamos a la playa todos los veranos. Papá y yo vamos a pescar. Mi hermana, Elena, va a buscar conchas en la arena. Mamá va a flotar en las olas del mar.

Hoy, Papá y yo no pescamos ni un sólo pez, pero sí nos divertimos. Elena encuentra bastantes conchas para llenar su cubeta. A Mamá la revuelcan las olas tres veces, haciéndonos reír. Después vamos a nadar en la piscina del motel hasta oscurecer. Entonces manejamos hasta la marina para ir a Willie's Bait Shack. Queremos comprar cebo para el día siguiente.

Willie's Bait Shack es una tienda genial. Ahí se vende cebo, pero también poleas de pescar, cañas y redes de pesca. En las paredes no hay pintura. En vez de la pintura hay fotos de pescadores victoriosos pegadas por todo lado. Trofeos de peces están montados en distintas posturas encima de los estantes de la tienda. Con la boca abierta, los peces parecen estar a punto de morder el anzuelo. ¡Yo quiero pescar uno como esos!

Solamente hay un cajero. Dos hombres están esperando en fila enfrente de Papá. Entonces me voy entre dos tanques de carnada todavía viva. Salgo por una puerta de cedazo trasera que da hacia la marina. Voy en busca de Mamá y Elena.

Afuera está oscuro. Sólo dos postes de luz alumbran el área al final del muelle. Apenas se pueden ver las siluetas de los botes de pesca abarcados.

Sé que encontraré a Mamá y a Elena por la rampa de cemento. Ése es el único lugar donde Elena puede caminar cerca del agua para buscar conchas.

—¡Ten cuidado! —oigo que Mamá le dice a Elena.

Por fin veo a Mamá. Está sentada en una pared de cemento viendo a mi hermanita. Elena se está reclinando con la mano en una pared. Toma pequeños pasos hacia el agua oscura y ondeante. El agua se arrastra hacia la rampa y después hacia atrás.

—Elena, ¿qué estás haciendo? —le pregunto.

—Estoy buscando conchas —me contesta.

—Ahí no se encuentran conchas —le digo—. Ahí sólo vas a encontrar peces muertos. —Me siento al lado de Mamá y veo a mi torpe hermanita. ¿Qué piensa, que estamos en la playa, o qué?

Ahora veo que se agacha. Recoge algo en cada mano.

—¿Qué encontraste, Elena? —le pregunta Mamá.

—¡Mira! —exclama Elena subiendo la rampa en carrera—. Sí encontré unas conchas. Y ninguna está quebrada. ¡Miren!

Mi hermana tiene tres conchas verdes en la mano. Parecen conos torcidos.

—¿Me las puedo quedar? —le pregunta a Mamá.

Mamá las examina con cuidado. Las sacude y dice —Supongo que sí; está bien.

—Huelen a pez muerto —le digo tapándome la

nariz con los dedos.

En ese momento llega Papá con el cebo. Elena le enseña las conchas. Entonces todos nos devolvemos al motel.

En el cuarto del motel, Mamá le ayuda a Elena a lavar las conchas en el fregadero. Después las ponen en el mostrador de la cocina para que se sequen.

Mientras tanto, Papá y yo alistamos la cama de Elena en el sofá. Yo dormiré en el suelo, en mi saco de dormir. Mamá y Papá dormirán en la cama grande.

En poco tiempo Papá apaga las luces.

El suelo está duro, aún con un edredón debajo del saco de dormir. De alguna manera me tuve que haber dormido, porque no me doy cuenta cuando empiezan los rasguños. Sólo me doy cuenta cuando los rasguños a medianoche me despiertan.

Al principio siento que se me erizan las piernas. Después empiezo a escuchar con más cuidado. Los rasguños se escuchan a tan sólo unos cuantos pies de distancia de mi saco de dormir.

Los rasguños parecen venir del suelo. Parece que hay algo en el suelo. Algo con grandes uñas o garras grandes. Cuanto más me pongo a escuchar, más me imagino un monstruo de ojos verdes y filosos colmillos. ¡Un monstruo que se quiere comer a niños de ocho años cuyos nombres son Pablo!

Salgo rodando del saco de dormir. Gateando rápidamente me voy hasta donde está la cama. —¿Mamá? ¿Mamá? —susurro fuertemente. Me siento junto a ella en la cama.

En eso oigo los rasguños de nuevo, aún más fuerte.

—¡Mamá!

—¿Qué pasa, Pablo? —me contesta finalmente.

—Escucha. ¿Oyes eso? Hay algo rasguñando el suelo. ¿Qué es?

Mamá se queda sin decir nada por un momento. Pero puedo oír su respiración. —Ay, Pablo —me dice—. Es tan sólo ese gato callejero, al que Elena le dio de comer. Seguro quiere más comida.

—Pero, Mamá, si es un gato, ¿por qué no maúlla?

Al principio no contesta. En el silencio se oyen los rasguños cada vez más fuerte. El cuarto del motel se pone cada vez más espantoso.

Oigo que Mamá dice: —Roberto, ¡despierta! ¿Oyes esos rasguños? —Sé que Mamá está tratando de despertar a Papá por como se mueve la cama—. ¿Oyes eso? ¿Qué es?

Papá dice en voz baja —Hay algo en la cocina.

—¿Será una rata debajo del fregadero? —le pregunta Mamá.

—¡Ay, ay, ay! —me quejo. Rápido subo los pies a la cama—. Yo no voy a dormir en el suelo —le informo a mis papás—. ¿Qué si me come la rata?

—Veré qué es —dice Papá.

De repente veo un círculo de luz alumbrada en el techo. Papá se levanta y empieza a caminar con la linterna. Sigo la luz con los ojos.

Ahora me come la curiosidad, pero también tengo miedo. Una vez que Papá me pasa por delante, empiezo a caminar tras él. Cuanto más nos acercamos a la cocina, más rápido se oye que rasguñan. *¿Qué será?*

Cuando pasamos junto mi saco de dormir, recojo mi almohada. Me siento mejor teniendo algo en la mano.

Los círculos de luz se mueven hacia la cocina. Oigo que Papá abre los gabinetes debajo del fregadero. Después cierra cada uno.

La luz está brillando cerca del pequeño refrigerador cuando oigo que Papá grita —¡Ay, un cangrejo!

—¿Un cangrejo? ¿Dónde? ¿Dónde? —empiezo a brincar por todos lados con la almohada en la cabeza.

De repente la luz del cuarto se prende. Me ciega el fuerte brillo de la luz. Ni siquiera puedo ver enfrente de mí. Parpadeo como loco.

—¿Qué pasa? —pregunta Mamá desde la cama—. ¿Qué es lo que está haciendo tanto ruido?

—¡Tenemos unos ermitaños en la cocina! —le contesta Papá—. Las conchas de Elena se arrastraron sobre el mostrador. Ahora están en el piso.

Papá se agacha para recoger las conchas de cono que Elena encontró en la marina.

Finalmente puedo ver las tenazas de un rojo marrón agarrando el aire. Papá pone cada concha en el fregadero.

—¿Qué vamos a hacer con ellas? —pregunta Papá.

—Las llevaremos de nuevo a la marina —dice Mamá.

Los cangrejos raspan las paredes del fregadero con sus tenazas. Todavía se están moviendo, tratando de escapar. Le digo a Papá: —No podemos dejar a los cangrejos en el fregadero. Se pueden salir de nuevo. No quiero que vayan rastreándose hasta donde estoy yo. Yo no voy a dormir con cangrejos.

Papá sonríe y dice —¿Qué sugieres que haga, Pablo?

Veo a mi alrededor y veo el bulto de toallas húmedas y llenas de arena por la puerta de cuarto.

—Envolvamos los cangrejos en las toallas, así las podemos dejar en el fregadero —le digo.

Así es como le damos a los cangrejos un lugar tranquilo para dormir, y cómo el resto de nosotros regresamos a nuestras camas.

Al siguiente día, después de la aventura de la medianoche, todos menos Elena nos levantamos con sueño. Claro que Elena quiere quedarse con los cangrejos como mascotas. Mamá, Papá y yo le decimos que tenemos que dejar a los cangrejos donde los encontramos.

El sol se pone mientras Elena y yo bajamos la rampa de cemento en la marina. Colocamos a los ermitaños a la orilla del agua. Los vemos mover su concha lentamente hacia el mar.

—Listo —dice Papá juntando las manos en un aplauso—. Vamos a la playa.

—¡Sí! Tengo que buscar más conchas —dice Elena. Sube la rampa a brinquitos.

—Oye, ¡Elena! —exclamo—. Si encuentras más conchas, primero asegúrate que no haya nadie en casa, ¿de acuerdo?

Agradecimientos

Una temprana muestra de "Ruidos a media-noche" fue publicada en el diario *San Antonio Express-News* el 13 de julio de 1997.

Gracias de todo corazón a mis compañeros escritores: Audrey Elliot, Carla Joinson, Junette Soller, Jan Jennings, Linda Lindsey, Katy Jones y Cynthia Massey. También quiero agradecer los comentarios de los muchos escritores en San Antonio quienes leyeron estas historias en sus primeras etapas.

Gracias muy especiales a todos los estudiantes del Valle del Río Grande quienes me escriben o me visitan cada año. Un aplauso a Mindy y a Rick, dos excelentes profesores.

Mis estudiantes en la Universidad St. Mary y los amigos y maestros de mis hijos de la escuela St. Gregory compartieron sus vidas conmigo e inspiraron estas historias. ¡Gracias!

No podría expresar con palabras el cariño, aprecio y gratitud que siento hacia mis padres, hermanos y cuñados. También recibo el cariño y apoyo de mis colegas de la Universidad St. Mary. Gracias de todo corazón a Mildred, Melissa, Rosie y Janet.

Nunca encontraré las palabras para decirles a mis dos hijos, Nick y Suzanne, cuánto han enriquecido

mi vida y mi ficción. Ustedes son mis mejores edi-
tores. Gracias por el amor tan honesto que me dan.

Y a ti, Nick, mi amor, mi pasión, mi más grande
bendición . . . le doy gracias a Dios todos los días por
el regalo de nuestro matrimonio. Gracias por seguir
creyendo en que "se necesitan dos".

sobre la autora

Diane Gonzales Bertrand es nativa de San Antonio, Texas. Escribió su primera novela en docenas de cuadernos. Gonzales Bertrand redactó poesía, drama y ensayos para la escuela, como regalos para su familia, y para sus estudiantes.

Como autora ha escrito novelas de romance tales como *Sweet Fifteen, Lessons of the Game* y *Close to the Heart.* Sus novelas para adolescentes incluyen *Alicia's Treasure, Trino's Choice, Trino's Time* y *The Ruiz Street Kids/Los muchachos de la calle Ruiz.* Gonzales Bertrand también escribe historias para niños. Sus libros infantiles son *Slip, Slurp, Soup, Soup/Caldo, Caldo, Caldo, Family, Familia, The Last Doll/La última muñeca, Uncle Chente's Picnic/El picnic de Tío Chente, The Empanadas that Abuela Made/Las empanadas que hacía Abuela, Ricardo's Race/La carrera de Ricardo* y *We Are Cousins/Somos primos.*

Sus libros han recibido varios premios literarios de las organizaciones National Latino Literary Hall of Fame, Texas Writers League y The Texas Institute of Letters. Sin embargo, los mejores "premios" que ha recibido son las numerosas cartas que le mandan aquéllos quienes disfrutan sus libros.

En 2003, la biblioteca pública de San Antonio honró a Gonzales Bertrand al incluirla en el póster del centeno como autora local. Ella apareció en el póster al lado de otros grandes autores como Mark Twain, William Shakespeare y la poeta Maya Angelou. Gonzales Bertrand fue elegida por ser de San Antonio y por su amor a la lectura.

Actualmente, Gonzales Bertrand trabaja en la Universidad St. Mary como Autor Residente. Enseña redacción y escritura creativa. Continúa escribiendo libros, ayudando a escritores novatos, y viajando por todo Texas como autora visitante. Gracias al cariño y apoyo de su esposo, Nick, y a los consejos editoriales sobre su trabajo en proceso de sus dos hijos, Nick y Suzanne, Gonzales Bertrand puede balancear todas sus diversas tareas.

Upside Down and Backwards

Este Libro Pertenece A:

Enrique s.

Also by Diane Gonzales Betrand

Alicia's Treasure

Close to the Heart

El dilema de Trino

*The Empanadas that Abuela Made /
Las empanadas que hacía la abuela*

Family, Familia

The Last Doll / La última muñeca

Lessons of the Game

El momento de Trino

Ricardo's Race / La carrera de Ricardo

The Ruiz Street Kids / Los muchachos de la calle Ruiz

Sip, Slurp, Soup, Soup / Caldo, caldo, caldo

Sweet Fifteeen

Trino's Choice

Trino's Time

Uncle Chente's Picnic / El picnic de Tío Chente

We Are Cousins / Somos primos

Upside Down and Backwards

Diane Gonzales Bertrand

PIÑATA BOOKS
ARTE PÚBLICO PRESS
HOUSTON, TEXAS

This volume is made possible through grants from the City of Houston through the Houston Arts Alliance.

Piñata Books are full of surprises!

Piñata Books
An imprint of
Arte Público Press
University of Houston
452 Cullen Performance Hall
Houston, Texas 77204-2004

Illustrations by Pauline Rodriguez-Howard
Cover design by Giovanni Mora

Bertrand, Diane Gonzales.
  Upside Down and Backwards = De cabeza y al revés / by Diane Gonzales Bertrand ; Spanish translation by Karina Hernández.
    p.   cm.
  ISBN 978-1-55885-408-6 (trade paperback : alk. paper)
    1. Children's stories, English—Translations into Spanish.
  I. Title: De cabeza y al revés.   II. Hernández, Karina.   III. Title.
PZ73.B448 2004
[Fic]—dc21

2004050395
CIP

♾ The paper used in this publication meets the requirements of the American National Standard for Information Sciences—Permanence of Paper for Printed Library Materials, ANSI Z39.48-1984.

Printed in the United States of America
January 2010–February 2010
Versa Press, Inc., East Peoria, IL
12 11 10 9 8 7 6 5 4 3

Contents

For Audrey M. Elliott
with love

Upside Down and Backwards

Ángel and Miguel Rangel led their parents outside for one last look at the truck parked in the driveway. Dad had washed it yesterday, but the blue truck still looked old and tired.

"I can't wait to see the new truck," Miguel said, leaning over the front porch railing.

Ángel climbed over and jumped into the grass. "I can't wait to ride in the new truck."

"I'm going to miss this old truck." Mom said as she walked down the steps with Dad. "We both drove it to college. When we moved from our first apartment into this house, this truck carried all our furniture and books."

"It was pretty handy since we had to buy two cribs, two high chairs, two rocking horses, and two bicycles," Dad said.

"This truck brings back good memories for our family," Mom said. She gave a long sigh.

Ángel pointed at the truck and said, "But we need a *new* truck. This one has too many dents."

"Every dent has its own story," Mom said. She walked around the truck. "See this dent in the fender? Your dad was so excited the night you two were born, he drove the truck into the dumpster at the hospital."

Dad walked toward the front of the truck. "Do you remember when the bird flew into the open window? Mom got so nervous, she bumped into a bus stop bench!"

Ángel pointed at the scratches on the passenger's door. "Do you remember the time that Grandpa hit the herd of goats when we were visiting Tío Ciro's ranch?"

Miguel ran to the back of the truck. "Remember the time that Dad's home-run ball banged against the tailgate?"

"I think we've told enough stories," Dad said. "It's time to say good-bye to this truck. I'll drive a new one home by lunchtime."

He kissed Mom, and drove the old truck away.

Even though Saturday was the best day to watch cartoons on TV, and even though later they walked to the library for books and even stopped to buy pizza for lunch on the way home, it seemed like it took Dad a billion years to bring the new truck home.

"When do you think Dad will get here?" Ángel asked his mother a hundred times.

"What time is it now, Mom?" Miguel asked her another hundred times.

Finally Mom sent the twins outside to play. She stayed inside to call her sister, Inez.

The Rangel twins jumped and yelled as a new blue truck came down their street. They waved when they saw their dad in the driver's seat. The truck had apple-red stripes painted on each side. The wheels had silver rims.

Miguel jumped up and down on the porch steps. "It's here! It's here!"

Ángel ran down the steps. "It's the best truck in the world!"

Their father drove the truck into the driveway. He parked it by the house.

The engine hummed under the hood. Ángel could feel the vibrations in his fingertips as he climbed onto the back bumper. He swung his legs over the tailgate and walked around on the clean blue metal. He slid his hand over the cab roof. "This truck is great!"

Miguel ran to the side of the truck. He ran back and forth, from headlights to taillights twice. "Look, Ángel, no dents. No scratches. It's perfect and shiny and new!"

Ángel turned around and spread his arms open wide. "In this new truck, we can go anywhere in the world!"

Their father opened the door and called out. "Where's your mom, boys? I want her to see the new truck."

"She's inside talking to Tía Inez. Dad, can we go for a ride?" Ángel asked.

"After your mother sees the truck," Dad said.

"But Dad, when Mom talks to Tía Inez, she stays on the phone for years," Miguel said.

"I'll get her off the phone. It's not every Saturday that the Rangel family gets a new truck," their dad

said. He jumped from the front seat and ran up to the front porch.

"What does the inside look like?" Ángel jumped out of the truck bed and ran to the open driver's door. "Listen to that motor! I bet this truck could drive us to China!"

The new truck had a smooth blue seat. Ángel slid under the black steering wheel and pretended to drive. "When I can, I'll drive this truck to the mall, and to Pizza Dilly's, and to—"

Miguel ran around to the open door and pulled his brother's arm. "Let me have a turn to drive, Ángel." He climbed in and closed the door.

Ángel slid across the seat to push buttons on the radio. "How does this thing turn on?" He twisted all the buttons he saw, but nothing happened. "Aw man, I think the radio's broken." He punched the knob he had been twisting.

Blasting music shook the truck from side to side. Miguel let go of the steering wheel to cover his ears. "Turn it off!" he yelled.

"It's too loud!" Ángel did not know what to do. His ears hurt too much to think.

"Let's get out of here!" Miguel said. He slid under the steering wheel just as his foot hit one of the pedals. The truck engine roared like an angry lion.

Ángel tried to get out before Dad found them inside the truck. But his sweaty legs slipped over the new smooth seat. He grabbed for the black rod behind the steering wheel and pulled it forward.

With a jerk, the truck rolled backwards.

"Help!" Miguel yelled. He crawled over the floor

mat, but got tangled in Ángel's legs.

"Where's the brake?" Ángel reached down to press a pedal to stop the truck.

But Miguel's knee hit another pedal first. The truck zoomed backwards down the driveway.

Ángel grabbed the steering wheel, but the truck did not stop. It just curved round and round in a big S. Ángel tumbled against Miguel and they bumped heads.

The truck stopped with another jerk. Ángel fell against the buttons on the radio. They poked him hard in the back and the music stopped.

Miguel had fallen across the floor, his cheek pressed against the bumpy blue mats. Ángel's legs were above his head on the back window.

The twins felt the motor drumming in their heads. Loud voices only made their hearts thump harder. They heard their parents yelling and running for the truck.

Their father opened the truck door. The twins groaned. Their father's long arm reached inside and turned off the engine. He pulled out his keys.

"¡Ay, ay, ay! Boys, are you trying to give me a heart attack?"

Their mother opened the other door. "Miguel, Ángel, are you hurt? Did you break any bones?"

Miguel rubbed his head. "Ángel bumped into me."

Ángel rubbed his ears. "I think my ears are broken. I still hear music."

Dad grabbed Miguel's legs and slid him out of the truck. Mom grabbed Ángel's arm and pulled him out the other door.

Standing outside the truck, everyone saw the plastic trash cans squashed against the chainlink fence.

Ángel looked up at his mother. Miguel looked up at his father.

Mom raised her eyebrows at Dad, just like she did when the twins were in BIG trouble.

"We're sorry, Dad," Miguel said.

"Yeah, sorry," Ángel said.

Mom crossed her arms. "At least you boys weren't hurt."

Dad's face looked as apple-red as the stripes on the new truck. "I'm sorry, everybody. It was an accident. I was so excited. I left the engine running. I just ran inside the house."

Mom nodded. "And your sons were so excited, they tried to drive the truck around the front yard."

"But we didn't break anything, Mom," Ángel said. "The trash cans are plastic. And the fence is a little bent, but me and Miguel can bend it back. Can't we, Miguel?"

The twins led their parents toward the fence to look at what happened to the new truck.

"It looks like this new truck already has its first little dent and scratches," Mom said. "We now have our first story to tell about this truck, don't we?"

"That's right," Dad said. "Years from now, we'll tell the story about the twins driving the new truck. How I forgot to take the keys out."

"We rode upside down and backwards!" Ángel said.

"And we hit the trash cans! Ángel, you didn't

know how to work the radio, remember?" Miguel said. He pretended to turn buttons.

Ángel laughed. He clapped his hands over his ears. "The music was so loud, our ears almost exploded! Do you remember?"

"Can we remember all these stories later?" Mom asked. "I want to go for a ride!"

Diana's Party

Luis had to stay at old Tía Anita's house with her noisy bird and terrible cooking. His parents had left town for a weekend convention in Houston. They had said he could still go to Diana's party since her house was in Tía Anita's neighborhood. Luis thought everything was set.

But on the day of Diana's party, Luis's old aunt kept giving him ugly ties she wanted him to wear.

"This tiger-striped one would look fine with a white shirt." Tía Anita held up tie after tie against Luis's T-shirt. "Or this polka dot one? Do you like it better, Luis? What about this one with the palm tree?"

"Tía Anita," he told her. "Kids don't wear ties to birthday parties."

"Whenever *my* friends have parties, the men wear ties, Luis," his aunt replied.

"My friends are just kids, Tía. My mom bought me new jeans. I got on my favorite T-shirt. Look, it's clean and everything!"

She finally took the ties back to the bedroom. Luis sighed. Then Tía Anita came back with something else. It looked like a white plastic bowl. She also carried a pink fuzzy thing in her hands.

"You must take the little girl something very special for her birthday. I have this gardenia powder and this soft powder puff. We can put it in a lovely gift bag," Tía Anita said.

"My mom got Diana a gift card at the video store," Luis said. "That's good enough."

"A card isn't a *special* gift, Luis. Don't you know girls love to smell pretty? Here, smell this." Tía Anita opened the plastic lid and pressed the fuzzy thing inside it. She lifted it up and shook it around Luis's nose.

Clumps of powder fell on his jeans. To Luis, it smelled like the kitty litter box in the bathroom. If he showed up with powder for Diana, what would the guys think?

Luis started to say, "Really, Tía Anita, I don't need —" but then he saw the clock. "Whatever! Can you wrap it fast? The party starts at one." He dusted off his jeans.

Luis pretended to smile when Tía Anita gave him a silver gift bag with ugly black stripes. He quickly imagined ways he could "lose" it before he got to Diana's party.

Then his aunt placed a red hat with a big yellow feather on her head.

When it looked like his aunt was getting ready to go with him, Luis wanted to hop on the next bus to Houston. He worried more as Tía Anita started lifting pillows on the sofa. "Luis, have you seen my car keys?"

He had to think fast. His aunt's car sounded like a tank in a war movie. It look like it had been bombed too.

"I can walk to Diana's house, Tía Anita," Luis said. He backed slowly toward the door. "It's just one street over. Diana says it's a white house with two trees in the front yard. And I *love* to walk. Bye Tía Anita, bye!"

Luis stepped through the screen door and shut it behind him. He jumped over the two short porch steps and hurried away. He noticed the big silver mailbox at the edge of the yard and got an idea.

He glanced over his shoulder. His aunt wasn't around, so he took his chance. He opened up the metal door and shoved the bag inside the mailbox. Later he'd come back and toss it out, but for now, he just wanted to get to the party.

With a happy feeling, Luis jogged down the sidewalk. He did not look behind him again until he rounded the street corner. No sign of Tía Anita. Luis huffed out a giant sigh of relief.

He stopped to look around. Most of the houses on that street were painted white. Most of the houses had two trees in the front yard. Which one was Diana's house? He walked slowly. He did not remember the house number she had told him. He hoped he might spy a bunch of balloons or hear party music. There was no hint of a party in any of the houses he walked past.

Suddenly a car horn honked loudly. He did not

know where it came from. He spun around so quickly, he lost his balance and flopped onto the grass. He just sat there, staring at his empty hands.

That's when he realized he had not only forgotten the address of Diana's house, but he had also forgotten Diana's gift. Her birthday card was still in his backpack. Tía Anita's silly gift had made him forget everything!

Luis breathed in and out three times. Slowly he got back on his feet. He did not want to go back and face Tía Anita, but how could he show up to Diana's party without a present? Could things get any worse? He made a fist and popped the boards on the white wood fence beside him.

Three loud barks from the other side of the fence made Luis take a step back. Through a loose board, popped out a wrinkled black nose, then a brown snout, red gums and pointed teeth. A barking dog wiggled its way through the opening. It was a short black dog. It scurried across the sidewalk like a barking wind-up toy.

It clamped down on one of Luis's shoelaces. It pulled and tugged with its pointy teeth. He shook off the dog with one jerk of his foot.

Luis jumped away. The dog jumped right with him. It snapped its teeth and tried to bite the bottom of Luis's jeans.

"Hey! Hey!" Luis yelled. He was not scared, but if the dog chewed up his new jeans, he'd be in big trouble! He hopped from foot to foot, trying to out-dance the dog.

"Get away! Get away!" he yelled louder. The dog

tried to catch the shoelaces with its teeth again.

"Shoo! Shoo! Shoo! Shoo!" screeched a high-pitched voice from behind Luis.

"Shoo! Shoo! Little doggie, shoo! Shoo!"

Luis spun himself around. Tía Anita was running up the sidewalk toward him. She had one hand clamped down on her red hat. The other hand was raised over her head waving the silver bag with the ugly black stripes as she cried out, "Shoo! Shoo! Shoo!"

He stood still and stared, only to feel the tug of the dog on his pants again. He tried to kick it off, but those little teeth stayed tight around the hem.

"Tía Anita, it won't let me go! These are my new jeans!"

The dog tugged and growled like Luis was trying to steal its favorite bone.

Tía Anita caught up to Luis, huffing and puffing. She smacked the bag against the dog's black body, but it only tugged harder. It slipped away to bark twice, then it clamped hold of Luis's shoelaces again.

"Stubborn little dog. Why you look just like—" Tía Anita did not finish the sentence. Instead she reached inside the silver bag with ugly black stripes. She opened up the powder and gave the little dog three good whacks with the fuzzy powder puff.

The dog hopped back, right on top of Tía Anita's feet. She gasped with surprise as the whole can of powder spilled out of her hand. The black dog became a white powder puff with short black legs. Both Luis and Tía Anita started laughing.

The poor little dog sneezed and shook its body,

trying to get away from the clouds of powder. It got so confused, it wobbled away. It used its nose to push away the loose board and wiggled its way back inside its yard.

Luis had to dust more powder off his jeans, but it did not make him mad. He smiled at Tía Anita. "That dog looked pretty funny, Tía."

She clapped him on the shoulder. "*Ay,* that little dog! Didn't know what was going to make him let you go! Are you okay? Did it bite you?"

"I'm fine, Tía Anita." Then he saw the empty silver bag in her hand. His smile straightened into a nervous thin line. He stared at the sidewalk. "You found everything in the mailbox, huh?"

"I thought I heard the mailman. Instead I found the powder. Luis, why did you hide your friend's present?"

He shrugged. "I'm sorry — I was embarrassed to give Diana powder. The other kids would have laughed at me. I'm sorry." He finally looked at Tía Anita. "I left Diana's birthday card in my backpack at your house. And — well — Tía Anita — I forgot the number of her house — and now it's so late — why don't we just go home?"

"Luis? Aren't you coming to my party?"

The sound of Diana's voice made him look across the street. Beside the fence of a white house with two trees in the yard, Diana stood in a blue sundress. Behind her, hanging over the wooden fence were their friends, Reece, Blake, Samantha and Jessica.

The guys grinned with toothy smiles. The girls giggled together like little birds on a wire.

Diana crossed the street and walked toward Luis and Tía Anita. "We've all been waiting for you, Luis. What took you so long?"

His hands flopped around in front of him as he tried to think of what to tell her. "I—um—well . . ."

Diana turned to greet the woman standing beside him. "Hello—oh my gosh! You're Señorita Anita! You came to my troop meeting with your bird. You gave us badges for pet care!"

"Diana, this is Tía Anita," Luis said.

Diana happily clapped her hands. "Oh, Luis, your aunt is such a funny lady. She told us stories about her bird and made us laugh so much."

Luis raised his eyebrows. He never thought of his aunt as a funny lady, but now that he thought about it, Diana was right. Did Tía Anita not show him all those silly ties? Did she not hit the dog with the powder puff?

"Señorita Anita, will you tell all of us more funny stories about your bird, please? I can't wait for my parents to meet you."

Luis picked up the silver bag with black stripes from the grass. He grabbed the empty powder bowl and the fuzzy pink powder puff and stuffed them back into the bag.

"What's all that stuff, Luis?"

"It's just part of another funny story, Diana. We can tell you all about it later." His face burned red hot, but at least he had reached Diana's party. Really, it was all that mattered, he thought.

Luis stepped out behind Diana and Tía Anita, only to trip on his untied shoelace and fall right into the grass.

Diana and his aunt turned around. At the same time they said, "Luis! Are you okay?"

"I'm fine," he answered. He felt so embarrassed at first. But when he saw the white powder on the sidewalk and his untied shoelace, he could not help but laugh.

Diana and Tía Anita began laughing too. Luis tied his shoe and stood up.

"Let's go to the party!" Tía Anita said, and she charged ahead in her red hat with the big yellow feather.

Long Live the Queen!

Norma came to school dressed up as Queen Isabella for Biography Day. She wore her favorite black shoes. She wore the shiny green dress that her mother had worn as a teenager, and a silver crown. She could not wait to read her book report to her class.

She walked into the classroom slowly, just like Queen Isabella did in her throne room. She felt she should wave at all her royal subjects.

"What are you supposed to be? A green gorilla?" Antonio laughed his usual scratchy laugh. He wore his regular baseball uniform. It was not really a costume at all.

Norma unpacked her books on her desk. "I'm Queen Isabella the First," she said.

"The first what? Ugly girl like you?" Felipe said. He was not even dressed in special clothes. He wore his same old jeans and a red T-shirt.

"Did the queen do anything good? Like break a home run record?" Antonio asked.

"Queen Isabella had more important things to do than play baseball," Norma told him.

"Is she still alive?" Felipe asked. He leaned out of his desk to try and push her books on the floor. He

always tried this when the teacher was not looking.

Norma grabbed her books as she said, "No, she died in 1504."

"You're dead!" Antonio laughed and pointed at her. "Hey, don't talk to me, dead girl."

"Why would I want to?" Norma said, and turned away from them. She was a queen. Antonio and Felipe were a pair of jokers.

Mrs. Richardson came in and told the class, "Settle down, boys and girls. It's time for math."

But all day long, whenever Antonio or Felipe got a chance, they whispered, "Greenie Queenie Weenie" loud enough for Norma and the kids around her to hear.

Her friend, Suzanne, told Norma, "Don't even look at them!"

Suzanne dressed up as Helen Keller. She wore dark glasses and an old-fashioned dress with an apron.

After lunch, Mrs. Richardson announced that it was time for the biography reports.

"Norma, you can go first," Mrs. Richardson said. She sat down in the chair by the teacher's desk.

Norma stood up and started walking toward the front of the classroom. Once again, she walked like a queen. She held her head up and her shoulders back.

Antonio and Felipe snickered like two noisy monkeys.

"If you two boys can't listen quietly, you'll go to the principal's office," Mrs. Richardson scolded.

Norma got to the front of the class, opened her notebook and started to read all about Queen Isabella. She read her report without stumbling on words.

She remembered to look up and smile, just like she and her mother had practiced four times last night.

"If Queen Isabella hadn't believed in Columbus, who knows?" Norma said. "Maybe he wouldn't have discovered a new world. She was a strong, noble queen. She died in 1504."

Suddenly Antonio and Felipe burst out with loud, crazy laughter.

"Greenie Queenie Weenie!" Felipe pointed at Norma.

"Greenie Queenie Weenie!" Antonio repeated even louder, and everybody started to giggle.

Norma's eyes stung with hot tears. Why were those boys always so mean?

"That's enough!" Mrs. Richardson's voice was stern and loud. She stood up and walked right toward Felipe and Antonio. They were very excited by their silly gag. They did not even stop laughing when Mrs. Richardson took each of them by the arm.

Norma ran back to her desk. She dropped her head down on her desk. She did not want to cry in front of everybody, but she just could not help it.

"It's okay, Norma," Suzanne told her. "Mrs. Richardson is taking those big mouths to the principal. Don't cry. I really liked your report."

When Mrs. Richardson came back from the principal's office, she was not alone. A pretty lady in a blue-striped dress was with her. A short man holding a black camera with a microphone came into the classroom, too.

"Boys and girls, I have a special surprise for you." Mrs. Richardson smiled. "This is Ms. Rose Hannasch from the TV station, and her cameraman, Henry. They heard about our Biography Day. They want to film those of you who came in costume. You'll be on the news tonight."

"Did you hear that, Norma?" Suzanne said, shaking her friend's arm. "We're going to be on TV!"

"Why don't we start with Norma?" Mrs. Richardson said. She walked up to Norma's desk with the tissue box. "Ms. Hannasch, Norma had an excellent report."

By the time Henry set up his camera, Norma's face was dry and her smile was ready. She could not wait to pretend to be a queen on TV. Henry filmed a little part of Norma's report. Suzanne did some of her report on Helen Keller. Adam was dressed like Padre Miguel Hidalgo y Costilla. He got a chance to be on TV, too.

Jackie, who had not even worn a costume, told Norma, "I was too lazy to think of a costume. And now I can't be on TV like you."

Norma felt very special as Queen Isabella. She had worked so hard on her biography. Antonio or Felipe could not take away her good feelings now.

It was Ms. Hannasch's great idea for Henry to turn his camera on the class. She told him to pan it across the room so that *everyone* could be on TV, even Mrs. Richardson.

Before the pretty TV lady and her cameraman left,

they gave everybody in the class a bright yellow button. It read, "Watch me on Channel 5 tonight."

When Antonio and Felipe finally came back to class, they held their heads high and swung their arms. They looked proud they had been sent to the office.

"No sweat," Antonio said, setting his shoulders back. Then he saw everyone wearing a yellow button. His shoulders started to droop.

"Where's my button?" Antonio asked. His eyebrows crinkled across his face.

"I want one of those," Felipe said.

Of course, nobody gave him one. He sat down at his desk and said nothing for the rest of the afternoon.

The next morning, Mrs. Richardson brought in a videotape of the news program so everyone could see themselves on TV. Everyone said, "Yeah!" when the whole class appeared at the beginning of the tape. Then there was Norma reading her report in the final shot. Her green dress sparkled on TV. She smiled like a queen until the image faded.

When Mrs. Richardson stopped the tape, everyone cheered and clapped for themselves.

Norma looked over at Antonio and Felipe. They

sat at their desks. Their arms were folded across their chests. They frowned and looked very grumpy.

She gave them a TV smile. Then she raised her hand with a royal wave. "Mrs. Richardson, can we please watch the video one more time?"

Blue Ribbon

The blue ribbon on the sidewalk had gold letters, *FIRST PLACE*.

Alonzo Guzmán knew it was a lucky thing when he picked it up.

"Look at this, a blue ribbon!" Alonzo looked around the neighborhood. He even looked back over his shoulder toward the schoolyard. He did not see any kid who might have dropped it. "Huh! Wouldn't it be great if I took it home? What if I told Mom that I won first place at the Science Fair? She'll be so proud. Who knows what good stuff might happen?"

He dusted it against his blue jeans. He looked at it again. "I can't wait to tell my brother, Javier, to bug off since I'll be so important."

Alonzo took the blue ribbon home, excited and happy.

Alonzo's mom was all smiles when he showed the blue ribbon to her. "I won this at the science fair."

"Oh, Alonzo, I'm so proud of you! You never asked me for help on your project or anything." His mom held up the ribbon against Alonzo's chest. "I'm so happy. Your grandparents and aunts and uncles are coming for supper tonight. Wait until they see this ribbon!"

"Mom, will you make a cake?" Alonzo asked her.

"Oh, yes!" his mom said. "Tonight we'll have your favorite cake."

Alonzo could already taste it: triple chocolate fudge coconut cake.

Because Alonzo held a blue ribbon in his hand, he told his brother, "I get to watch what I want on TV. I won first place at the Science Fair."

"How come my class didn't have a Science Fair today?" Javier asked.

"'Cause first graders are dumb. We had one in my class, and I won first place. So I get to choose what TV show we watch." Alonzo waved the blue ribbon in Javier's face.

"Mom, it's not fair." His brother yelled into the kitchen.

"Today is your brother's special day," Mom called back.

"It's not his birthday," Javier said.

"When you win first place, you can watch what *you* want, Javier," Mom answered. "Then *you* can get all the attention."

Alonzo felt great. The blue ribbon was the best thing he ever found.

At about six o'clock, all of the Guzmán family came for supper.

Each person held the ribbon and smiled at Alonzo.

"What a smart boy," Aunt Pafia said.

"What a pretty ribbon," Grandma Meni said.

"This is the first blue ribbon that's been won in our family," Grandpa Noé said.

"We are so proud of you," Mom said with a big smile.

Uncle Silvano even gave Alonzo a five-dollar bill. "A first place award deserves a money reward."

Alonzo took the five-dollar bill, but his stomach felt funny. What about the kid who had lost the blue ribbon? Was that kid missing out on five bucks from *his* uncle?

He knew it was not a good idea to lie or keep something that was not yours, but everyone looked so happy. How could he tell them the truth? He held the ribbon carefully. He stroked it with his fingers for good luck. Maybe no one would guess the truth. Tomorrow he would turn in the ribbon at the school office.

"Am I late for supper?" Tía Mara ran into the living room. She was still trying to catch her breath when she said, "Your mother called me with the good news, Alonzo. Can I see the special ribbon my favorite nephew won?"

He swallowed hard, and showed her the ribbon. "Here it is, Tía Mara."

"You are so smart!" Tía Mara nodded and grinned. She sat down on the sofa. She unbuckled the latch on her black purse.

Alonzo wondered if he would get more money. It would be almost like *stealing* from his family. No one should earn a blue ribbon for that! So he sighed with relief when Tía Mara did not take out her wallet.

Instead she pulled out a gold medal on a skinny pink ribbon. "I won this science medal when I was your age, Alonzo. I did an experiment with vinegar and salt that made pennies get shiny again."

Alonzo only said, "That's good, Tía Mara."

Tía Mara held up her medal for everyone to see. "Alonzo, why don't you tell us about your science project?"

"Oh, yes," Grandma Meni said. "What was the project called?"

"What did you prove?" Uncle Silvano asked. "What did you learn?"

Alonzo stopped smiling. He could not even talk. All he could do was rub his fingers over the scratchy gold letters. *Think, think, think,* he told himself.

His whole family stared at him. They waited for him to talk about his blue ribbon-winning science fair project.

"It was about—" Alonzo saw his mother's plant hanging in the corner of the living room. "Yeah, that's it! It was about plants—yeah, yes—and animals. Oh! And electricity—and the moon. Sure, right! The moon." Alonzo smiled, hoping he had fooled everyone. Suddenly he wished he had never found that dumb blue ribbon!

"That must have been some project," Uncle Silvano said. "What kind of experiment did you do?" He did not smile, he just stared hard at Alonzo's hot, red face.

"Experiment? Oh! Well, I used — dirt! Yeah — and I looked — uh — at the color green! It was — " Alonzo tried to remember what words were on tomorrow's science test. Since he did not read the chapter, he tried to use today's spelling words in their place. "I worked — uh — lively! Yeah, and timely — and — uh — friendly — uh . . ."

Alonzo placed his hands behind his back, flipping the blue ribbon between his fingers. "I don't remember much else."

"That must have been some project," Uncle Silvano said again.

Tía Mara had stopped smiling after the first lie. She dropped her medal inside her purse and closed it with a loud snap.

"Hmmm," Alonzo's mother said slowly. She stood up and said, "Shall we go into the other room and eat supper now?"

Alonzo took the blue ribbon to his room. He hid it under his comic books. He slid the whole pile under the bed. He did not want to look at the ribbon or talk about science anymore.

Everyone but Alonzo enjoyed the food his mother had cooked. Alonzo had a stomachache all through supper. No one asked him why he did not eat much.

No one asked him anything at all. When it came time to cut the cake, his mother said, "Alonzo, why don't you go to your room and study for school tomorrow?"

Tía Mara said, "Does our first place scientist need to study more?"

"Yes, Tía Mara," Alonzo said in a low voice. He did not even look at her. He had never felt like such a last place loser in his life. He knew he should apologize to his family, but the words choked him like a chicken bone.

Before he went to his bedroom, Alonzo left the five-dollar bill beside Uncle Silvano's hat. Then he climbed into bed and pretended to be asleep when Javier came in.

The next morning Alonzo carried the blue ribbon in his backpack as he walked to school. He clutched a brown bag in one hand. How he wished he had a piece of that triple chocolate fudge coconut cake in today's lunch. But at breakfast his mom had said, "I gave the leftover cake to Tía Mara and Uncle Silvano. And you won't be eating dessert or watching TV for two weeks, Son. And you know why, don't you?"

"Yes, Mom," he had said, and he carried his breakfast dishes to the sink.

Now Alonzo walked a little faster to school because his backpack felt extra heavy. He hoped the principal would know who had lost the blue ribbon. He hoped that the blue ribbon would bring that kid some *good* luck!

Wormsday

Today was Wormsday, not Wednesday. Everyone is Mrs. Patiño's classroom carried in worms. Worms came in coffee cans or plastic cups. Worms wiggled in sand pails, flower pots, jelly jars, and soup cans.

There were long worms, short worms, fat worms, and skinny worms. All the worms went into the old fish tank. Mrs. Patiño had filled the tank with black soil.

When the bell rang, all the excited students wiggled in their seats like little worms, too.

During Wormsday math class, Mónica, Nathan, and Gabriela worked together to measure three worms. Mónica stretched out one brown worm to measure it against the ruler. The worm wiggled and curled up.

"Measure it faster!" Nathan said.

He held the worm against Mónica's ruler. Gabriela called out numbers. Mónica wrote them down on their math paper.

Nathan's worm was 3 inches. Gabriela's worm

was only 2 inches. Mónica's worm was the longest at 3½ inches.

On Wormsday, in Language Arts, each student wrote a paragraph to describe a worm. Mónica wrote in her notebook:

"Wormina"
by Mónica P.

Wormina is my worm. She is slimy like jelly on bread. She wiggles around. She is brown. A worm does not have eyes. It is hard to tell Wormina's head from her tail.

The students also wrote short poems about worms. Nathan stood up to read his poem to the class:

"Worms"
by Nathan O.

Worms like dirt.
They wiggle in the ground.
They help plants grow
and do not make a sound.

Before lunch, there was Wormsday gym class. Mrs. Patiño and Coach Ríos had planned worm races. The boys put a worm inside a circle of yarn. The winner was the first worm that crawled out of the circle.

Everyone shouted and cheered.

Nathan's worm did not move at all. "Are you asleep?" He lay beside it on the ground. He stroked it once. Suddenly, it wiggled like crazy, and it did not stop. It just wiggled and squiggled right over the yarn.

Ariel asked Coach Ríos, "Is that fair? It looked like Nathan tickled it!"

The boys argued about fast worms all the way to the cafeteria.

On the way back from Wormsday gym, Mónica remembered that she had left her lunch box behind.

"I'll be back," she told her friends and ran back to find it.

She slipped past her teachers talking outside the gym.

"What's next for Wormsday?" Coach Ríos asked Mrs. Patiño.

Mónica heard Mrs. Patiño laugh. "After lunch, we

will dissect worms in science class. We will cut up worms and label the body parts."

Oh! Those poor little worms, Mónica thought. *I don't want to cut up Wormina.*

She hurried out of the gym and ran back to the classroom. "How can I save them?" she whispered to herself. "How do I get them out of the room?" She squeezed her hand tight around the handle of her lunch box. "Could I sneak them out in this?"

Blegh! She stuck out her tongue. She would not want her lunch if worms had been in the box. She opened it up anyway. She saw a plastic bag with her sandwich, a bag drink, and a fruit cup. Then she got an idea.

She ate the sandwich in big bites as she walked to the old fish tank. She grabbed as many worms as she could and stuffed them into the empty plastic bag.

She pushed the bag in the pocket of her skirt. She ran toward the door. She bumped into Mrs. Patiño in the hall!

"Mónica! What are you doing here?" Mrs. Patiño asked her.

"Oh! Well, I—I forgot my lunch box. That's all . . . bye!"

The squirming lump in Mónica's pocket made her run faster toward the class garden. She dug her hand in the loose dirt to make a hole.

Out came a tangle of worms from the sandwich bag. Long worms, short worms, and a long brown worm. Mónica hoped it was Wormina.

"You'll be safe here. Enjoy it!" Mónica covered up the worms with dirt.

After lunch, Nathan, Gabriela, and Ariel stood at the old fish tank. Mónica sat at her desk tapping her pencil on her science book.

"Some of the worms got out," Nathan said to Mónica. "There are a bunch missing."

"Really?" Mónica's face felt very hot.

Mrs. Patiño came into the classroom with a brown paper bag. She put it on top of her teacher's desk.

"Mrs. Patiño, some of the worms are gone," Nathan told her.

"They are?" she said. But she did not stop to look. She pulled out paper plates and a box of plastic knives. She put them on her desk, too.

"Mónica," Mrs. Patiño said, "will you help me give out worms to everyone?"

Mónica liked to be helpful, but on Wormsday, she felt like slimy worms squirmed inside her stomach. What would happen next?

At that moment, Mrs. Patiño pulled a bucket of gummy worms out of the bag.

"What are the gummy worms for?" Mónica asked her teacher.

"I thought the class would like to dissect them. Won't that be fun?"

All those wiggling, nervous feelings inside Mónica suddenly disappeared.

"Oh, Mrs. Patiño, that's a great idea!" She gave her a big smile.

Still, Mónica wanted to help the rest of the worms, too. "Mrs. Patiño, couldn't we put the live worms in the class garden? Worms help to fertilize the soil. You said that in science class yesterday."

"That's a great idea," Mrs. Patiño replied. She gave Mónica a wink.

Mónica took the bucket of gummy worms by the handle. She turned around to face her friends in class. "Look, everybody! We're going to dissect gummy worms."

In Wormsday science class, Mrs. Patiño showed a video about worms. Later the students cut up sections of green worms, red worms, blue worms, and rainbow-colored gummy worms. After science class, everyone ate gummy worm leftovers.

Mónica could not tell a head from a tail on a gummy worm either. So she ate both gummy ends at the same time.

During Wormsday afternoon recess, Mrs. Patiño's class emptied the rest of the worms from the aquarium into the class garden.

The worms went to work, making the plants grow better, and the children went to recess, laughing with their friends. Mrs. Patiño went to sit on the playground bench, wondering what could happen on a Frecklesday, a Moonsday, or a Twoosieday.

scratches at Midnight

My family goes to the beach every summer. Dad and I go for the surf fishing. My sister, Elena, goes to find seashells. Mom goes to float in the waves.

Today, Dad and I don't catch any fish, but we still have fun. Elena finds enough shells to fill up her bucket. Mom flips over in the waves three times and makes us all laugh. Later we swim in the motel pool until dark. That's when we drive over to the marina and visit Willie's Bait Shack. We want to buy bait for next day's fishing.

Willie's Bait Shack is a cool store. It sells bait, but also fishing tackle, poles, and nets. On the walls, there is no paint. Instead, newspaper pictures of lucky fishermen are glued everywhere. Trophy fish are mounted in different poses above the store shelves. With their mouths wide open, the fish look ready to snag a line. I want to catch one just like them!

There is only one guy working at the register. Two men stand ahead of Dad in line. So I head past the bubbling tanks of live bait. I go through a rear screen door. It leads out to the marina. I go looking for Mom and Elena.

It's dark outside. Only two light poles shine at the end of the dock. I can hardly see the fishing boats tied there.

I know I'll find Mom and Elena near the cement boat ramp. That's the only place where Elena can walk near the water's edge to look around.

"Be careful!" my mom's voice calls out to her.

I see Mom. She sits on a cement wall watching my little sister. Elena has one hand against the wall. She takes small steps toward the dark, moving water. It pushes up and slides back on the boat ramp.

"Elena, what are you doing?" I ask.

"I'm just looking for shells," Elena calls back.

"You won't find shells here," I say. "All you can find around here are dead fish." I sit down beside Mom to watch my dumb little sister. Does she think she's on the beach or what?

Then I see her reach down. She picks up something with each hand.

"What did you find, Elena?" Mom asks.

"Look!" Elena says as she runs up the ramp. "I did find some shells. None of them are broken. Look!"

My sister has three green shells in her hands. They look like twisted cones.

"Can I keep them?" she asks Mom.

Mom turns each one over. She shakes them and says, "Okay, I guess."

"They smell like dead fish," I say. I pinch my nose with my fingers.

That's when Dad comes outside with the bait. Elena shows him her shells. Then we all ride back to the motel.

In the motel room, Elena and Mom wash all the shells in the little kitchen sink. They set them out to dry on the counter.

Meanwhile, Dad and I set up Elena's bed on the sofa, and I lay out my sleeping bag. As usual, I'll be sleeping on the floor. Mom and Dad get the big bed.

Not long after, Dad flips off the light.

The floor feels hard, even with an extra quilt under my sleeping bag. Somehow I fall asleep because I don't know when the scratching starts. I just know the scratches at midnight wake me up.

At first, hot little goose bumps cover my legs. Then I start listening more carefully. The scratching sounds seem just a few steps away from my sleeping bag.

The scratching sounds seem low to the ground. It has to be something on the floor. Something with big nails or rough claws. As I listen longer, my mind starts giving green eyes and sharp teeth to the scratching sounds. Whatever it is wants to eat eight-year-old boys named Pablo!

I roll out of my sleeping bag. I crawl fast to the big bed.

"Mom? Mom?" I whisper. I sit down near her spot on the bed.

I hear the scratches again and whisper louder. "Mom!"

"What is it, Pablo?" my mother finally says.

"Listen. Do you hear that? Something's scratching. What is it?"

For a moment, Mom says nothing. But I can hear her breathing. "Oh, Pablo," she says. "It's just that stray cat Elena fed after supper. It's just trying to get more food."

"If it's a cat, Mom, why doesn't it meow?"

She doesn't answer right away. In the silence, the scratches get a little louder. The dark motel room gets a little creepier.

I hear Mom say, "Roberto, wake up! Do you hear that scratching sound?" I can tell from the shake of the bed that she is trying to wake up Dad.

"Do you hear that? What is it?" Mom asks.

My dad whispers, "There's something in the kitchen."

"Could there be a rat under the sink?" Mom asks him.

"¡Ay, ay, ay!" I moan. I pull my feet up on the bed. "I'm not going to sleep on the floor," I tell my parents. "What if a beach rat tries to eat me?"

"I'll check it out," Dad says.

Suddenly, a round circle of light dances off the ceiling. Dad gets up and moves around with the flashlight. My eyes follow the beam.

Now I'm curious and scared. Once Dad passes me, I start walking behind him. The closer we get to the kitchen, the faster the scratching sounds. *What is it?*

As we walk over my sleeping bag, I grab my pillow. It makes me feel better to have something in my hands.

The flashlight circles move around the kitchen. I

hear Dad open the cabinets under the sink. I hear him close each one.

The light shines near the edge of the small refrigerator when Dad cries out, "¡Ay, un congrejo!"

"A crab? Where? Where?" I start hopping around with the pillow on my head.

All of a sudden, the motel room lights go on. I go blind from the light. I can't even see in front of me. I'm blinking like crazy.

"What is it?" Mom asks from the bed. "What's making that noise?"

"We've got hermit crabs in the kitchen!" Dad answers. "Elena's shells crawled off the kitchen counter. Now they're moving on the floor."

Dad reaches down and picks up the cone-looking shells that Elena had found at the marina.

Finally, I am able to see the reddish-brown claws pawing the air. Dad drops each one into the sink.

"What'll we do with them?" Dad asks.

"Take them back to the marina tomorrow," Mom says.

The crabs scrape their claws against the sink. They're still moving, trying to escape. I tell Dad, "We can't keep the crabs in the sink. They may crawl out again. I don't want them crawling their way back to me. I'm not sleeping with crabs."

Dad smiles and says, "What do you want me to do, Pablo?"

I look around and see the pile of damp, sandy towels by the motel door. "Let's wrap the crabs inside those towels, then put them into the sink."

That's how the crabs get a quiet place to hang out, and the rest of us get back to our beds.

Everyone but Elena is sleepy the next morning after our midnight adventure. Of course, Elena wants to keep the crabs as pets. Mom, Dad, and I tell her that we have to put them back where she found them.

The sun rises as Elena and I walk down the cement boat ramp beside the marina. We place the hermit crabs near the water and watch them drag their shells back into the ocean.

"That's it," Dad says. He claps his hands together. "Let's go to the beach."

"Yes! I get to find more shells," Elena says. She skips up the ramp.

"Hey, Elena!" I call. "If you find any more shells, first make sure that nobody's home, okay?"

Acknowledgments

An early draft of "Scratches at Midnight" was published in the *San Antonio Express-News* newspaper on July 13, 1997.

My heartfelt thanks to my special writing friends: Audrey Elliott, Carla Joinson, Junette Woller, Jan Jennings, Linda Lindsey, Katy Jones, and Cynthia Massey. I also appreciate the feedback from so many other San Antonio writers who read these stories through their many drafts.

Extra special thanks to the many students in the Rio Grande Valley who write to me or visit me every year. Much applause to Mindy and Rick, two terrific teachers.

My students at St. Mary's University and my children's friends and teachers from St. Gregory School shared their lives with me and inspired these stories. Thanks!

Words could never convey my feelings of love, appreciation, and gratitude to my parents, siblings, and sibs-in-law. I am also blessed by love and support at St. Mary's University where I work. Extra special thanks to Mildred, Melissa, Rosie, and Janet.

I'll never collect enough words to tell my two children, Nick and Suzanne, how much they have enriched my life and my fiction. You two are my best editors. Thanks for loving me with such honesty.

And for you, Nick, my heart, my passion, my greatest blessing . . . I thank God every day for the gift of our marriage. Thanks for still believing, "It takes two."

About the Author

Diane Gonzales Bertrand is a native of San Antonio, Texas. She wrote her first novel into dozens of spiral notebooks. She wrote poems, plays, and essays for school, for gifts to her family, and for her students.

As an author she writes romantic novels like *Sweet Fifteen, Lessons of the Game,* and *Close to the Heart.* Her novels for middle grades include *Alicia's Treasure, Trino's Choice, Trino's Time,* and *The Ruiz Street Kids/Los muchachos de la calle Ruiz.* She also writes stories for younger readers. Her published picture books are *Sip, Slurp, Soup, Soup/Caldo, Caldo, Caldo; Family, Familia; The Last Doll/La última muñeca; Uncle Chente's Picnic/El picnic de Tío Chente; The Empanadas that Abuela Made/Las empanadas que hacía la Abuela; Ricardo's Race/La carrera de Ricardo;* and *We Are Cousins/Somos primos.*

Her books have received many awards from the National Latino Literary Hall of Fame, Texas Writers League, and The Texas Institute of Letters. However her best "rewards" are the many letters she receives from people who like her books.

She was honored by the San Antonio Public Library as their choice for a local author to grace its 2003 Centennial Poster along with writers Mark Twain, William Shakespeare, and poet Maya Angelou. She was chosen because she is a "home-grown author" and a "library kid."

Currently, she works at St. Mary's University as Writer-in-Residence. She teaches composition and creative writing, continues to write new books, work with new writers who hope to get published, and she travels through Texas as a visiting author. She is able to handle all of her busy roles because of the love and support from her husband, Nick, and because her teenage children, Nick and Suzanne, give excellent editorial advice when she reads to them from her works-in-progress.